여
행
의　장
　　면

고수리

김신지

봉현

서한나

서해인

수신지

오하나

이다혜

이연

임진아

여행의 장면

나만 아는 유일한 순간

유유히

터미널, 기차역, 공항을 좋아하시나요?

어디론가 떠나는 사람들로 붐비는 공간에는 숨길 수 없는 설렘의 기운이 가득합니다. 몸을 싣고 떠날 버스를 기다리며 초조해하는 사람들, 곧 출발할 기차가 경유하는 도시들을 거쳐 도착하는 종착역까지 안내하는 역내 방송이 귓가를 울리고, 차르르 문자 바뀌는 소리가 들릴 것 같은 공항 전광판에서 게이트를 확인한 사람들은 거침없이 어디론가 향합니다.

파도처럼 밀려왔다 떠나가는 인파들 사이에서 터미널

안 카페에 앉아 한숨을 돌리며, 우리는 버거웠던 일상으로부터 멀어질 채비를 합니다. 이윽고 열차가 도착하고, 익숙한 도시를 뒤로한 채 차창 밖으로 낯선 풍경을 마주합니다. 비행기가 창공으로 날아오르는 순간, 나의 도시와 멀어지는 그 속도에 맞춰 조금씩 숨통이 트입니다. 마침내 도착한 여행지에서는 한결 차분해진 호흡으로 출근길의 발걸음과 다르게 한껏 여유로이 걸어봅니다.

무거웠던 책임과 부담을 내려놓고 잠시 원래의 나로 돌아오는 시간.
잊고 살았던 나를 가까스로 찾아내 후후 불어 손바닥 위에 올려놓는 시간.
그저 쉬고 싶다고 떠난 여행이지만, 눈을 반짝이며 정처 없이 걷는 나를 자유로이 내버려두는 시간.
평소의 나와 다르게, 살고 싶었던 모습대로 나를 살게 해보는 시간.
언제 표시를 해두었는지 기억나지 않는 구글 지도의 별표를 따라 마침내 문을 열고 틀림없이 기뻐하는 나를 발견하는 시간.

때로는 생각을 지운다는 생각조차 없이 그저 멍하니 구름과 바다의 물결을 좇는 시간.

일상에 잠시 빈칸을 만들어두고 나만 아는 시간들로 채워오는 그 시간에 대하여 이야기를 풀어봅니다. 책장을 다 덮을 즈음엔 나만을 위한 시간을 보낼 여행지 하나 품게 되길 바라며.

모쪼록 즐거운 시간 보내시길 바랍니다.

#대한민국

#김포공항

#수신지

비행기를 타기 전에

#인도네시아

#발리

#태국

#치앙마이

#빠이

#김신지

잠시 다른 인생을 사는 기분

#임진아

혹시, 한국 분이세요?

#태국

#끄라비

#서한나

카페 사이공

\#일본

\#센자키 \#시모노세키

#오하나 쓸쓸한 마음, 그럼에도 밝은 쪽으로

#대한민국

#하남

#서해인

구글 지도와 어떤 돌봄노동

\#쿠바

\#아바나

\#봉현

아무도 나를 모르는 곳으로

#대한민국

#서울

#이다혜

사라진 감각과 선호에 대하여

차례

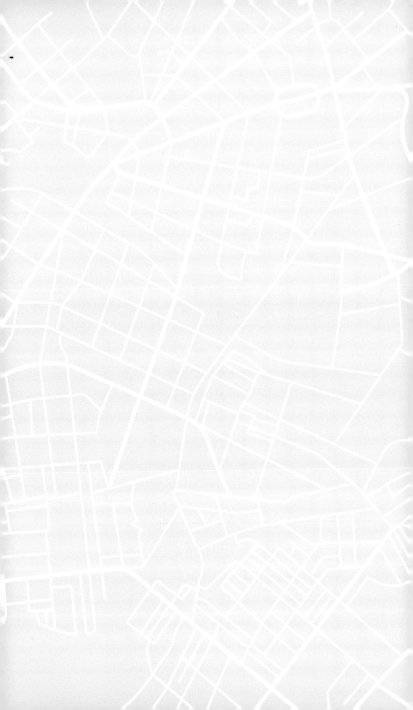

좌악　좌악

타　악

툭툭　툭툭

둘둘둘

스윽   스윽

스윽   스윽

흑

어느 날 예상하지 못한 말을 들었다.

기내식을 직접 마주하게 된 건 그 후로 몇 년이 지나서였다. 나의 첫 해외여행 목적지는 인도 델리였다. 대학생 배낭여행 1위로 인도가 유럽을 이기던 해였다. 밥과 치킨이 반반 놓인 메인 음식, 방울토마토가 들어간 샐러드, 반으로 잘린 과일, 무미건조한 빵. 실제로 받아든 기내식은 블로그 리뷰로 수없이 예습했던 모습과 다를 바 없었다. 그럼에도 신기했다. 유명인을 실제로 본 것 같았다. 두근두근 은박 뚜껑을 벗기며 하나하나 디지털카메라에 담았다. 튜브 고추장은 먹을까 말까 고민하다 가방에 챙겨 넣고 맥주와 콜라까지 야무지게 먹다 보니 긴 비행시간이 훌쩍 짧아져 있었다. 방콕에 잠시 들러 비행기를 갈아타자 새로운 스타일의 기내식이 나왔고 다시 한 번 설레며 사진을 찍었다.

'음식이 이렇게 자주 나오는 줄도 모르고 도시락을 쌌었구나.'

서툰 손으로 이른 아침부터 김밥을 쌌던 내가 귀여워 웃음이 났다. 먹을 타이밍을 놓쳐 김밥을 버리고만 A도 비로소 용서할 수 있었다.

비행기를 타기 전에는 그러지 못했다. 정성껏 싸준 도시락을 어떻게 버릴 수 있냐고 화를 내기는커녕 도시락을 싸준 것이 창피해 이불킥을 했다. 비행기 안 사정을 몰라서 자신이 없었다. 경험해보지 못했다는 부끄러움이 내 입을 다물게 했다. 시간이 흘러 내가 비행기를 타고 나서야 웃으며 이야기하는 에피소드가 되었다. 비행기를 탔기 때문에. 나도 비행기를 타본 사람이 되었으니까.

수신지	만화가. 일러스트레이터. 일 년의 반은 동남아에서 사는 상상을 한다. 만화 『반장으로서의 책임과 의무 1』 『곤 1, 2』 『며느라기』 등을 쓰고 그렸다. 여행을 할 때, 일정을 마치고 낮에 찜해둔 펍에서 맥주 마시는 걸 가장 좋아한다.

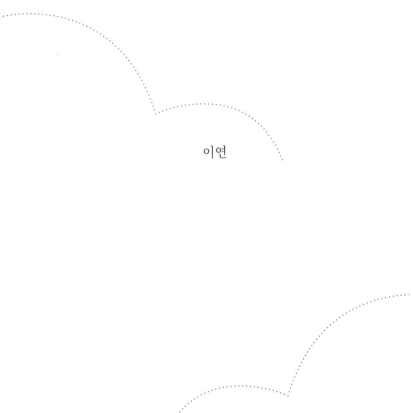

태양계 여행

이연

내게 여행은 낭만이 아니라 도피에 가까운 행위다. 여행지에서는 연락도 안 오고, 내가 이연인지 누구인지 아무도 신경 쓰지 않고, 약속을 잡을 가까이 사는 친구도 없다. 그러면 모든 시간을 내 마음대로 쓸 수 있다. 사람 사이에서 지칠 때쯤 그런 자유를 갈망하게 된다.

커플링을 홀로 끼게 될 줄이야.

내 왼쪽 네 번째 손가락에 끼워진 반지를 본다. 나름 고심해서 골랐다.

첫째, 나에게 잘 어울리는 심플한 디자인일 것.

둘째, 커플링 중에서 고를 것.

함께 고민할 이가 없으니 결정이 수월했다. 손가락을 바라보니 누가 봐도 꼭 연인이 있는 사람 같다. 티파니 반지니까 이 정도면 꽤 그럴싸한 오헤라 할 수 있겠다.

이유는 모르겠지만 인생에서 이런 적이 있었던가 싶을

정도로 최근에 이성의 관심을 심심찮게 받고 있다. 누군가가 나를 좋아해주면 좋기만 할 줄 알았는데 막상 부담으로 다가왔다. 아마도 내 쪽에서 마음을 주지 못해 생기는 문제일 것이다. 고민을 털어놓으니 친구가 대답한다.

"차라리 애인이 있다는 오해를 사. 왼쪽 손에 반지를 끼면 어때?"

나는 다음 날 바로 백화점에 갔다.

내 반지는 두 개의 링이 뫼비우스의 띠처럼 교차한다. 그걸 한 손가락에 끼우는 형식이다. 아마도 이렇게 영원히 둘이 함께하라는 진부한 의미를 담고 있을 것이다. 내 눈에는 이 모양이 커플링을 나누지 않고 고집스럽게 다 가져간 사람의 반지처럼 보였다. 철벽과 독신에 대한 맹세랄까. 내가 이 반지를 끼게 되면서 영영 나 혼자만을 사랑하게 되는 건 아닐까 불안이 잠시 스치기도 했다. 하지만 그러진 않을 것 같다. 혼자가 최고라는 확신에 금이 간 지는 좀 됐다. 반지를 끼기 훨씬 전부터였다.

2019년, 나는 회사를 다니고 있었다. 유튜브와 일을 함께 병행했기 때문에 젊은 나이에 만성 피로가 쌓여 있었다. 그래서 40대쯤 가려고 아껴둔 휴양지 여행을 당장의 휴가 계획으로 삼았다. 어디가 좋을까? 친구가 말하길 발리가 음식도 맛있고 인테리어도 예뻐서 좋다고 했다. 그간 유럽 여행만 다녀온 터라 동남아에 대해 딱히 아는 게 없었는데, 발리라면 나쁘지 않겠다는 생각이 들었다. 홀로 떠나는 발리행 비행기표를 끊었다.

비행기에 올라타 눈을 감고 있으니 회사에 입사하자마자 사수가 내게 건넸던 말이 떠올랐다.

"우리 회사는 해외 대학교 출신이 많아서 다들 좀 개인주의예요. 그러니 그런 줄 아세요."

나를 본인들 기준에 맞지 않다고 선 긋기에 딱 좋은 말이었다. 그의 의도와는 다르게 나는 해맑게 반문했다.

"와! 저도 엄청난 개인주의자예요. 유럽도 네 번인가 혼자 다녀왔어요. 선배님은 혼자 여행 가본 적 있어요?"

나의 머릿속 개인주의는 혼자서도 잘 지내는 사람을 의미했던 것 같다. 물론 그가 니를 챙기지 않겠다는 말을 돌려서 한 거라는 사실쯤은 안다. 하지만 애초에 그런 사람이면 내게도 필요 없다고 생각했다. 나 또한 그 선배만큼이나 사람을 쉽게 판단하고 잘라내는 버릇이 있었다.

공항에 도착하니 따뜻한 기운이 온몸을 감싼다. 처음 가본 동남아라서 어쩐지 설레는 구석이 있었다. 호텔에 도착하니 리셉션 직원이 해사하게 웃으며 꽃을 귀에 꽂아준다. 발리는 꽃도 어쩜 이렇게 만화에 나오는 꽃처럼 생겼는지. 향기마저 '저 꽃이에요'하는 듯하다. 보라색 스카프를 두른 호텔 포터가 캐리어를 끌어준다. 수영장이 훤히 보이는 방, 저기에 머무는 사람은 참 좋겠다 생각하던 찰나 그 앞에 내 캐리어가 멈춘다. 문을 여니 너른 방이 보이며 짧은 감탄이 터져 나온다. 당시 내가 살던 5평 원룸보다 네 배쯤 커 보이는 객실이었다. 가운데에 킹사이즈 침대가 웅장하게 놓여 있다. 그 위에는 수건으로 만든 백조 두 마리가 목으로 하트를 그리고 있다. 이때 알아차려야 했다. 내가 도착한 행복의 세계가, 혼자여도 괜찮다는 믿음에 슬슬 균열을 내고 있다는 것을 말이다.

발리가 신혼여행지로 유명한 걸 모르고 온 건 아니었

지만, 생각보다 더 신혼여행지였다고 말하면 조금 우스울까. 웰컴 케이크에는 'Happy honeymoon'이라고 적혀 있고, 이동하는 숙소마다 침대 위에 꽃잎이 하트 모양으로 뿌려져 있다. 길에서 마주치는 관광객은 전부 연인 아니면 가족이다. 나는 최대한 혼자 씩씩하게 걸으려 애썼다. 하지만 혼자 먹기에는 메뉴가 많아서 음식을 남길 때, 좋은 것을 봤는데도 좋다고 말할 이가 없을 때, 침대에 누워서 핸드폰이나 할 때 외롭지 않다고 말할 수 없었다.

누군가와 기억을 나누지 않으면, 즉 누군가의 마음에 살지 않으면 살아도 살아있지 않는 듯한 기분이 들 때가 있다. 그런 기분을 자신이 스스로 이해해주고 바라봐주면 이내 괜찮아지지만 모든 순간을, 그리고 평생을 그렇게 살 수는 없다. 그 새삼스러운 사실을 발리 여행에서 깨달았다. 호텔이 전부 호사스러웠고 음식은 맛있었음에도 그만큼 즐겁지 않아서 기분이 이상했다.

여행에서 돌아온 이후에도 나는 여전히 혼자를 고수

했다. 사람 속에 파묻혀 지낼 때면 느끼는 고유의 멀미 때문이다. 웃고 있지만 지겹다는 생각, 그런 생각을 하는 자신이 끔찍하다는 생각, 그냥 홀로 누워 완전히 고립되고 싶은 생각. 그게 내가 늘 홀로 떠난 이유였다. 내게 여행은 낭만이 아니라 도피에 가까운 행위다. 여행지에서는 연락도 안 오고, 내가 이연인지 누구인지 아무도 신경 쓰지 않고, 약속을 잡을 가까이 사는 친구도 없다. 그러면 모든 시간을 내 마음대로 쓸 수 있다. 사람 사이에서 지칠 때쯤 그런 자유를 갈망하게 된다.

코로나가 극심했던 2021년 겨울, 나는 답답함을 해소하기 위해 국내 여행이라도 떠나야겠다는 마음으로 홍천에 있는 한 리조트를 예약했다. 인터넷이 안 되는 자연 치유 콘셉트의 호화 리조트였다. 모든 방이 2인 기준이라 1인에게는 비싸다. 그렇다고 함께 떠나고 싶은 이가 있는 것도 아니었으니 더 고민할 필요가 없었다.

처음엔 괜찮았다. 매일 아침에 일어나 홀로 목욕을 하고, 건강한 삼시 세끼를 먹고, 나무 도마를 만들고, 책을 읽다가 일도 조금 하고. 길을 잃듯 산속을 걷는 느낌도 좋았다. 아무도 없는 숲속 영화관에서 「먹고 기도하고 사랑하라」를 보기도 했다. 이렇게 씩씩하다면 앞으로 혼자 살아도 크게 문제가 없겠다는 생각이 들었다. 나는 그럴 때 기분이 좋다. 거봐요, 혼자서도 잘할 수 있다고 했죠? 하면서 거들먹댈 수 있으니까.

하지만 세상은 이내 비웃듯 내게 시련을 준다. 점심으로 먹은 비빔밥에 심하게 체했다. 처음엔 두통이 찾아오고, 나중엔 몸이 차가워졌다. 특히 배가 정말 싸늘했는데 가만히 있어도 느껴지는 멀미에 토하고 싶었다. 나는 변기를 마주하고 몇 번의 시도 끝에 마침내 속에 있던 걸 게워냈다. 간신히 정신을 차리고 리조트 리셉션에 전화했다.

"제가 심하게 체해서 그러는데, 소화제를 받을 수 있을까요?"

수화기 너머에서는 리셉션까지 걸어와서 직접 받아가야 한다는 답변이 들려왔다. 여긴 그 잘난 '자연 치유'의 공간이라 모든 공간이 멀리 걷게끔 실게되어 있기 때문이었다. 아무리 그래도 그렇지, 사람이 토까지 할 정도로 아프다는데 직접 오라고 할 일인가. 그래도 어쩔 수 없는 노릇이니 겉옷을 챙겨 입고 비척비척 걸어갔다. 쓸쓸하게 추운 1월이었다.

약을 먹고 누워 있다 보니 아프면서도 지루해서 괴로웠다. 전화나 카톡이 된다면 누군가에게 칭얼댈 수 있을까? 아니, 부른다고 올 사람이 있나. 구독자는 그렇게 많은데 정작 내 주변에 사람이 없다. 아니, 누구든 전화할 수 있지만 괜히 걱정만 끼칠 것 같다. 나는 거절을 두려워하는 지독한 회피형 인간이다. 어차피 손 내밀지 못할 거, 그냥 고립되어 있는 편이 나을까 생각하며 침잠하고 있었다. 내게 필요한 건 약이 아니라 내 고통에 대한 공감과 연민이었다. 견디다 못해 나는 가져온 전자책을 꺼냈다. 이전에 다운로드한 책 목록에 허지웅의 『살고 싶다는 농담』이 있었다. 아플 때 아픔을 잊기 위해 나보다 더 아팠던 사람의 책을 읽는다는 게 어쩐지 잔인하게 느껴졌지만, 당장의 내게는 그게 가장 유효한 위로였다.

책 속의 허지웅은 내게 이런 말을 건넨다. 아프고 나서 오히려 사람을 곁에 둬야겠다는 다짐을 했다고 말이다.

나는 슬펐다. 내가 아프다고 사람을 필요로 해야 하나? 그건 너무 서로를 이용하려는 마음 같잖아. 그렇게 반문하던 찰나, 책 속의 문장이 혼자여도 괜찮다는 내 오만을 갈기갈기 찢어버렸다.

> 영화 「애드 아스트라」에서 배우 브래드 피트는 태양계 경계까지 도달하고 나서야 절대적인 고독 앞에 혼자보다는 더불어 살아가는 것이 비할 수 없이 가치 있다는 걸 깨닫고 지구로 귀환한다. 어떤 이들은 그렇게 간단한 걸 우주 끝까지 가서야 알 수 있냐며 조소한다. 하지만 머리가 아닌 몸으로 무언가를 깨닫는 데는 늘 큰 비용이 든다. 무려 암에 걸리고서야 그걸 알았냐고. 그러게 말이다.
>
> — 허지웅, 「믿지 않고, 기대하지 않았던 나의 셈은 틀렸다」,
>
> 『살고 싶다는 농담』(웅진지식하우스, 2020) 중에서

나는 그 이후부터 혼자 여행을 떠난 석이 있다. 인정하기로 했다. 나는 그저 평범한 인간일 뿐이고, 사랑과 사

람이 필요하다는 사실을 말이다. 고립도 중요하지만 사람도 곁에 둬야 한다. 홀로 여행을 여섯 번쯤 하고 나서야 깨게 된 나의 세계였고, 귀한 깨달음이었다.

커플링을 사면서 한 다짐이 있다. 사랑을 포기하지 말아야지. 지금은 나를 반지로 보호하고 있지만, 온 힘을 다해 마음을 줄 연인을 찾을 것이다. 그리고 그와 똑같은 반지를 함께 끼고 싶다. 이 반지를 살 때부터 네가 누구인지 모르지만 언젠가 만나게 될 거라고 믿고 있었어, 말해주고 싶다.

엄마는 내게 이런 말을 한다.

"누가 널 좋아하는 건 하나도 이상하지 않은 일이야."

그래서일까, 혼자여도 괜찮다는 나의 확신이 깨진 게 아프지 않다. 내가 나여서 좋다고, 그게 당연하다고 말해줄 어떤 이가 그 틈에 스며들어 치유해줄 것을 아닐까. 나처럼 자기애 넘치는 사람이 이렇게 변하기도 한다.

내 미래의 연인에게 이 말을 전해주고 싶다.

태양계를 떠나도 너와 함께 있다면 외롭지 않을 거야.

| 이연 | 85만 구독자를 지닌 드로잉 에세이스트. 펼 연(演) 자를 쓴다. 이름처럼 사는 삶을 꿈꾼다. 유튜버, 작가, 강연자로 지내고 있다. 에세이, 『겁내지 않고 그림 그리는 법』 『매일을 헤엄치는 법』 등을 썼다. 여행을 할 때, 만년필로 일기 쓰는 걸 가장 좋아한다. |

잠시 다른 인생을 사는 기분

김신지

첫날 저녁, 해가 다 질 때까지 테라스에 앉아 있으면서 성급하게도 생각했다. 나는 이곳을 오래도록 그리워하겠구나. 지구 한편에 '아는 마을'이 있어 오래 따뜻하겠구나.

멀리서 오는 너를 마중 나가는 일

회사에서 손꼽아 기다린 안식월 휴가가 나왔을 때다. 막상 한 달이라는 긴 방학이 주어졌지만 지쳐 있던 터라 어디 낯선 곳으로 떠날 기력이 없었다. 모르는 도시에 가서 모르는 거리를 헤매고 모르는 숙소에 도착해 실망하는 대신, 아는 도시에 가서 아는 골목을 걷고 아는 숙소에 묵으며 멍하니 나무 그림자를 바라보고 싶었다. 그렇게 맘먹었을 때 머릿속에 떠오른 건 치앙마이였다. 몇 번 가본 것만으로 잘 아는 도시처럼 느껴지는 곳, 공항에서 시내까지 십 분 남짓 걸려서 숙소에 금세 짐을 풀 수 있는 곳, 짐을 풀자마자 밖으로 나와 '쪼리'를 끌고 차닥차닥 걷다가 아무 식당에나 들어가 창Chang 맥주에 모닝글로리 볶음을 먹을 수 있는 곳. 생각만 해도 추위와 과로에 지친 심신을 선베드에 누이는 기분이 들었다.

　한 달의 휴가를 보낼 숙소를 즐거운 맘으로 찾았다. 치앙마이에 머물다가 편도로 세 시간쯤 걸리는 작은 마을 빠이Pai에 들어가 열흘 정도 지내고, 다시 치앙마이 시내로 돌아와 남은 시간을 보내야지. 들뜬 기운을 숨기지 못한 채로 여행 계획을 세우고 있는 나를 보는 게 배가 아팠던지 반려인 '강'이 마지막 닷새의 일정에 참여하겠다고 나섰다.

　"후발대로 가겠어!"

　아니, 난 네 여행의 선발대가 될 생각은 없는데…… 싶었지만 이미 강은 마지막 주 일정에 맞춰 항공권을 찾아보고 있었다. 먼저 떠난 내가 휴가를 보내는 동안에도 종종 강으로부터 메시지가 왔다. ○○항공 특가 알림이 떴어! 근데 지난주에 본 것보다 비싸! 길게 머물 수 있는 일정이 아니었기에 최적의 가격과 시간대를 찾아 매일 항공권을 검색한 끝에 마침내 강은 티켓을 끊었다. 연애를 오래 해온 터라 이전에도 종종 국경 밖에서 만난 적이 있었지만, 결혼 후 각자 떠나 여행지에서 만나는 건 처음이었다.

 강이 오기로 한 날. 도착 예정 시간은 저녁 8시였다. 치앙마이 공항에서 비밀리에(?) 접선한다는 사실만으로 커다란 이벤트를 앞둔 사람처럼 설렜다. 살다 보면 별게 다 설레네 싶은 순간이 찾아오는데 그렇다면 그땐 그게 '별게' 맞다. 자주 일어나지 않는 일, 나에게만 특별한 일. 어질러진 것도 없는 숙소 테라스를 괜히 정리하고, 냉장고에 맥주를 잔뜩 채워두고, 안주도 사야 하니까 늦은 시간까지 장사하는 노점상 몇 군데를 봐두었다. 해 질 무렵 툭툭Tuk-tuk을 타고 공항으로 향했다. 평소엔 우버 택시를 타다가 그날따라 공항 가는 길에 왜 사방이 뚫린 툭툭을 타고 싶었는지 모르겠지만 아마도 낭만에 취해 밤바람을 좀 쐬고 싶었던 것 같다.

　늦은 저녁의 치앙마이 공항은 떠나고 돌아오는 사람들이 내뿜는 활기로 부산스러웠다. 전광판에 뜨는, 한 번쯤 가보았거나 한 번도 가보지 못한 도시 이름들. 그곳에서 출발해 지금 하늘을 가르며 오고 있는 비행기 편명들. 입국 게이트가 열리는 순간 환해지는 얼굴, 포옹을 나누는 사람들 뒤로 오랜 비행에 지친 커다란 동물처럼 우두커니 서 있는 캐리어들. 팻말을 들고 단체 관광객을 기다리는 가이드들 틈에서 나도 그 장면에 섞여들기 위해 일기장 한 장을 찢어 'WELCOME MR.KANG'이라고 썼다 (지금 생각해보니 왜 영어로 썼을까?).

　종이를 든 채로 서 있자니 잠시 이 도시에서 다른 인생을 사는 기분이 들었다. 치앙마이에서 새 출발을 다짐한 한국인 가이드가 된 것도 같고, 호수가 아름다운 치앙마이대학교에 공부하러 와 있는 것도 같고, 퇴사 후 태국 음식점을 차릴 요량으로 현지 레서피를 배우러 와 있는 기분도 들고…… 어쨌든 공항에서 누군가를 기다리는 나는 지금 여기에 사는 사람, 곧 나타날 익숙한 얼굴을 마중 나온 사람이었다.

강은 예상보다 한 시간 늦게 도착했다. 인천공항에서 이륙을 기다리는데 한 탑승객의 동행이 문제가 생겨 타지 못하는 일이 벌어졌고, 뒤늦게 그 사실을 안 사람이 자신도 내려야 한다며 나섰고, 이미 비행기에 실린 그 사람의 캐리어를 빼내느라 한참 시간이 소요됐다고. 그런 건 다 괜찮았다. 왜냐면 우린 무사히 만났으니까! 비행시간 내내 답답했던 사연을 늘어놓는 강에게 믿음직한 가이드처럼 말했다.

"이제 집에 가자!"

여행지에서 언제든 그렇게 말하고 뒤돌아 걷는 순간이 좋다. 잠시 머무는 숙소를 '집'이라 부를 때 우리는 여기에서 만날 순간을 잘 살아내려는 사람들이 되니까.

외곽도로를 달려 시내로 들어왔다. 일 년 전 같이 와본 도시였기에 강도 반가워하며 이곳저곳을 살폈다.

"여기 기억나지?"

"지금은 문 닫았는데 숙소 바로 앞에 있는 카페 신짜 맞나."

오래 살아온 동네를 소개하기라도 하는 것처럼 떠드는 건 나였고.

아까 미리 봐둔 노점에도 들렀다. 공항에 가기 전, 몇 시까지 장사를 하느냐고 물어봤을 때 검지를 하나씩 들어 올렸던 주인은 내 얼굴을 보고 알은체를 했다. 공교롭게 5개가 남아 있는 것인지, 나를 위해 몰래 남겨둔 것인지 모를 따끈한 스프링 롤을 포장한 뒤 비닐봉지를 흔들며 숙소로 돌아왔다.

"뭐야, 여기 좋다!"

3층에 위치한 방에 들어서자마자 강은 감탄했다. 놀라긴 아직 이르지. 러브하우스 배경음악을 흥얼거리며 나는 테라스 문을 활짝 열었다.

"Ta-da!"

이 숙소로 말할 것 같으면, 커다란 나무가 보이는 테라스 뷰를 갖고 싶어서 시내를 발품 팔아 돌아다니며 애써 찾은 곳이었다. 나를 위해 고른 숙소이기도 하지만, 여기 도착한 강이 얼마나 좋아할지도 눈에 선했던 곳. 열어둔 창으로 알맞게 식은 밤공기가 흘러들었다. 골목을 지나는 여행자들의 두런거리는 말소리, 어느 펍에선가 들려오는 기타 소리, 그 위로 두꺼운 직선을 긋듯 지나가는 오토바이 소리…… 강에게 골목이 잘 내다보이는 오른쪽 자리를 내어주고 냉장고에 넣어둔 맥주를 꺼내왔다. 딸칵, 칙. 캔 뚜껑이 열리는 경쾌한 소리가 골목에 울렸다. 건배를 나누고 스프링 롤을 한 입씩 베어 물었다. 겉은 바삭하고 속은 따끈한 맛. 맥주를 부르는 맛.

"아, 너무 좋다."

강이 의자 깊숙이 몸을 기대며 말했다. 모든 게 다 준비된 여행지에 몸만 쏙 들어온 여행자가 할 법한 말이었다. 다섯 걸음만 걸으면 침대가 있고, 여긴 아는 골목이고, 내일 출근은 없고(★중요★). 기분 탓인지 강의 얼굴이 결혼할 때보다도 행복해 보였다. 1인 맞춤형 여행사의 유일한 고객을 만족시킨 나도 흐뭇한 얼굴로 맥주를 마셨다. 여행지에서 이렇게 만나는 거 재밌네. 또 만나고 싶네.

이튿날 둘이서 함께하는 나흘간의 일정이 시작됐다.

주말에만 열리는 핸드메이드 마켓에 가서 이것저것 구경하고 아는 카페와 새로운 카페에 두루 들렀다. 올 때마다 공연을 보러 가는 노스 게이트 재즈 바에도 두 번 갔다. 그 맞은편 창푸악 게이트 야시장에는 카우보이 모자를 쓴 주인 아주머니가 세상에서 가장 부드러운 카오카무(족발 덮밥)를 팔고 있는데, 강이 특별히 좋아하는 맛이라 그 집도 잊지 않고 들렀다. 스쿠터를 빌려 타고 다니며 풍경과 매연을 잔뜩 마신 날도 있었고, 한적한 사원에 앉아 해가 지는 모습을 지켜본 날도 있었다.

그렇게 보낸 나흘도 분명 즐거웠는데, 몇 년이 지난 지금까지도 우리가 가장 자주 떠올리는 건 치앙마이 공항에서 만나던 순간이다. 둘 중 하나가 "그때 비행기가 왜 연착됐더라?" 넌지시 물으면 그새 잊었냐는 말투로 다시 설명을 시작하는 식이다. 공항으로 강을 마중 나가던 툭툭 안에서 맡았던 매캐하고도 아련한 밤공기, 입국 게이트가 열리고 닫힐 때마다 덩달아 반갑게 열리고 닫히던 마음, 마침내 강의 얼굴을 발견하던 순간의 반가움, 그런 데서 만나니 3초 정도 우리 사이에 흐르던 어색함,

숙소에 도착해 맥주 첫 모금을 마신 순간 가슴 중앙에서부터 시작해 동심원처럼 퍼져나가던 행복감.

어쩌면 그 추억의 방점은 '마중'에 있는 것 같다. 마중, '오는 사람을 나가서 맞이하는 일'. 요즘 들어 평범한 말들이 자꾸 좋아지는 건, 그 말의 참뜻을 이제야 비슷하게나마 살아내고 있기 때문일까. 사는 동안 마중 나가는 다정이 자연스레 몸에 밴다면 좋겠다. 버스나 기차가 멀어질 때까지 손 흔들고 배웅하는 사람이 되는 것도 좋지만, 멀리서 누가 온다고 했을 때 먼저 나가 맞이하는 사람이고 싶다. 혼자서 이르게 벗어날 수 있도록. 기대치 못한 곳에서 반가울 수 있도록. 같이 걸어 '집'으로 돌아올 수 있도록. 여행지라는 낯선 곳에서 마중 나가는 설렘을 다시 한 번 경험하려면 아무래도 내가 먼저 집을 뜨는 수밖에 없겠네. 이번엔 어디가 좋을까. 하릴없이 항공권을 검색하며 마중, 마중, 다정한 모국어를 중얼거려본다.

아무것도 하지 않을 곳을 찾아서

빠이는 치앙마이에서도 더 '숨어들 곳'이 필요해 고른 곳이었다. 오래 전부터 한번 흘러든 여행자들이 떠나지 못하고 눌러앉기로 유명해 '배낭여행자들의 블랙홀'로 불리던 마을. 작은 승합차를 타고 762개의 가파른 고갯길을 꼬불꼬불 넘어야 닿을 수 있는 곳. 몇 해 전 일 때문에 들른 적 있었는데 그땐 일정이 촉박해 금세 떠나야 했다. 이번엔 정말 아무것도 하지 않고 푹 쉬다 와야지. 고갯길을 넘을 때마다 먹먹해지는 귀에 침을 꼴깍꼴깍 삼키며 생각했다.

여행 준비를 할 때 곧잘 사진 한 장에 반해 무언가를 정해버리는 나는 이번에도 한 장의 풍경에 반해 숙소를 골랐다. 널찍한 테라스의 바 테이블에 앉아 있는 두 여행자의 뒷모습이 담긴 사진. 시선을 좀 멀리 두면 안개에 설핏 가려진 산의 능선이 보였다. 사진을 넘기자 이번엔 테라스 구석의 안락의자에 누워 고양이를 품에 안은 채로 잠든 여행자의 모습이 나타났다. 아, 이게 나였으면…… 때로는 그런 생각이 드는 곳에 나를 데려다놓기 위해 먼 길을 나서기도 한다.

티크Teak 나무로 지은 태국 로컬 집은 아늑했다. 방을 예약하면 테라스가 포함된 2층 전체를 단독으로 사용할 수 있다는 설명 그대로 앞으로 열흘 동안 '내 집'이 될 공간이었다. 숙소 주인의 안내에 따라 나무 계단을 밟고 올라서자, 사진에서 봤던 바로 그 풍경이 펼쳐졌다. 방 하나 크기만큼 너른 테라스와 왼편 기둥에 걸린 해먹, 커다란 안락의자, 만질만질 닦인 타일 바닥. 혼자 휴가를 보내기에 완벽한 숙소였다.

방 한쪽에 짐을 풀자마자 숙소 옆 슈퍼에서 맥주를 사와 테라스에 앉아보았다. 사진 속 그 여행자가 된 순간이었다. 1월에도 푸르른 열대 나무들이 기우는 햇볕에 반짝이고 있었다. 해먹 위에 걸린 풍경이 바람이 불 때마다 맑은 종소리를 냈다. 멀리 산자락 아래 다문다문 엎드린 집들이 보였다. 저곳에도 나 같은 여행자가 짐을 풀고 있을까.

첫날 저녁, 해가 다 질 때까지 테라스에 앉아 있으면서 성급하게도 생각했다. 나는 이곳을 오래도록 그리워하겠구나. 지구 한편에 '아는 마을'이 있어 오래 따뜻하겠구나.

빠이의 아침을 여는 건 부지런한 닭들이다. 새벽 5시 무렵이면 마을의 닭들이 요란스레 울기 시작했다. 이르게 잠이 깬다 해도 딱히 할 일이 없는 여행자는 뒤척이며 밀린 잠을 청할 뿐이고. 빠이는 해발 1,000미터가 넘는 산들에 둘러싸인 분지여서, 아침마다 산안개가 마을에 낮게 깔렸다. 안개는 9시쯤 서서히 걷혔고 그러고 나면 해가 구석구석 내리쬐었다. 내겐 그때부터가 늘 하루의 시작이었다. 기지개를 켜며 테라스로 나오면, 정원에 물을 주고 있는 숙소 주인의 뒷모습이 내려다보였다.

"놀기만 하니까 왜 이렇게 좋을까요?"

"인간이 일하려고 태어난 게 아니니까 그렇죠."

호스에서 시작된 물줄기가 허공에 작은 무지개를 만들고 있었다. 우문현답이었다. 숙소에는 세 마리 개와 네 마리 고양이가 함께 살고 있었다. 늘 인자한 미소를 입가에 띠고 느릿느릿 걷는 땡모(태국어로 '수박')와 툭하면 정원의 풀을 뜯어 먹는 천방지축 아들 땡타이(태국에 있는 참외 비슷한 과일의 이름). 동네를 누비며 서열 정리를 하고 다니느라 자주 집을 비우는 마나오(태국어로 '라임'), 이렇게 셋이 개 가족을 이룬다. 과일주스 가게에서 주문할 때나 불러본 이름들이어서, 태국말로 개들을 부르면서도 속으로는 어쩐지 '수박아!' '참외야!' '라임 씨!' 하고 부르는 기분이었다. 개 이름이 이 정도니, 자못 기대감을 갖고 고양이들의 이름도 물어보았다. 매일 내 방문 앞에 찾아와 잠에서 깨어나길 기다려주는 천사 고양이의 이름은 끄라빠오(태국어로 '바질')였고 어미 고양이는 남딴(태국어로 '설탕')이었다. 여기에 아직 이름을 짓지 못한 두 마리 새끼 고양이까지 네 마리가 고양이 가족을 이루었다.

그렇잖아도 평화로운 숙소에 개와 고양이가 함께 머무니 아침에 방문을 열고 나올 때마다 절로 미소가 지어졌다. 세계 어느 숙소에 산들 낯선 이에게 낯가리지 않는 세 마리 개, 네 마리 고양이와 함께 테라스를 나눠 쓸

일이 있을까. 혼자 있다는 느낌이 그리 들지 않았던 것도 뭘 하든 곁에 있어주는 그들 덕분이었다. 끄라빠오는 내가 일기를 쓸 때마다 테이블 위에 올라와 마치 일기장을 들여다보듯이 앉아 있다가 이김없이 하품을 했고(내 일기가 그렇게 지루한가 싶었다), 해먹에 누워 책을 읽을 때면 아기 고양이들이 흔들리는 해먹 그물을 장난감처럼 잡고 매달리곤 했다. 땡모와 땡타이는 꼭 숙소 뒷문 근처 나무다리에 누워 있었다. 외출하려는 내가 그들의 등과 등 사이 빈틈으로 발을 집어넣어 조심히 지나가려 하면, 누운 채로 바닥에 꼬리를 탁탁 치면서. 잘 다녀와, 인사는 하지만 일어나긴 아무래도 귀찮다는 듯. 친구는 내가 보내준 숙소 사진을 보더니 너 드디어 천국을 찾아갔구나! 하고 말했다. 살아서 갈 수 있는 천국이라니 얼마나 좋으냐고.

열흘을 머물며 매일 비슷한 하루를 보냈다. 느지막이 일어나 숙소 건너편 '세 자매Three Sisters 레스토랑(실제로 메뉴판에 세 자매의 사진이 있는데 놀랄 만큼 닮아 있었다)'에서 늦은 아침을 먹는다. 사진 속 얼굴들의 할머니로 보이는 주인 할머니는 내가 간 첫날부터 떠나는 마지막 날까지 직접 썬 과일 한 접시를 후식으로 내주셨다. 매일 달라지는 과일을 받아들 때마다 마음이 순해지는 기분이었다. 오후엔 책과 카메라를 넣은 가방을 메고서 꼬박꼬박 집을 나섰다.

빠이에서 여행자들이 가장 많이 모이는 곳은 읍내로 불릴 법한 워킹 스트리트Walking street 일대다. 숙소에서는 도보로 십오 분 정도 걸렸다. 뒷문을 나서서 방갈로로 지어진 몇몇 게스트하우스를 지나, 풀을 뜯는 소들 곁을 지나, 한적한 시골길을 따라 한참 걸으면 대나무를 이어서 만든 다리가 나타났고, 강을 건너면 바로 워킹 스트리트였다. 각종 상점과 카페, 여행사, 펍 등이 모여 있고 저녁마다 야시장이 서는 거리. 그곳으로 출근하듯 나서는 게 일과였다.

시골길을 솔방솔방 걷다가 매일 같은 자리—모퉁이를 돌아 탁 트인 들판이 펼쳐지는 곳—에 멈춰 서서 "아, 병화롭다…" 중얼거린다. 카페에서 책을 읽거나 일기를 쓰고 해가 기울면 로컬 식당에서 저녁을 먹고, 맥주를 한두 병 사 들고 돌아오다 다시 같은 자리에 멈춰서 "아, 평화롭다…" 말하던 날들.

어느 날은 오가며 바라보기만 하던 대나무 다리 옆 언덕에 앉아보았다. 해 질 녘이면 사람들이 드문드문 앉아 슈퍼에서 사온 병맥주를 마시곤 하는 자리. 여행자들에겐 노을을 따라 모여드는 습성이라도 있는 걸까. 열대 나무의 우듬지 위로 내리는 짙은 노을과 강물에 발 담그고 장난치는 아이들의 모습을 번갈아 바라보다 생각했다. 살면서 힘든 일이 생기면, 버티기 힘든 순간이 찾아오면, 이 마을에 다시 와야겠다고. 내가 이런 삶을 원했던가? 싫어지는 순간, 사는 일이 끝없는 숙제처럼 느껴지는 순간 우리에겐 고요하고 평화로운 여행지가 필요할지 모른다. 아, 눈앞의 이 삶이 전부가 아니지, 느끼게 해줄 여행지. 슬픔과 후회에 너무 오래 발목 잡혀 있기엔 그래, 삶에는 다른 좋은 일도 많지, 생각하게 만들어줄 여행지.

떠나기 전 이틀은 밤늦게까지 워킹 스트리트에 있다가 숙소로 돌아왔다. 첫날엔 혼자 나갈 엄두도 내지 못했던 외지고 어두운 길을 걸어 돌아오는데 하나도 무섭지가 않았다. 달빛에 의지해 걷는 밤길이 좋을 정도였다. 아마 열흘 동안 익숙해진 길이어서겠지. 빠이로 오기 전, 치앙마이에 한 달 살기로 와 있던 친구를 잠깐 만났었다. 여정이 끝나 먼저 한국으로 돌아가야 하는 친구는 아쉬운 듯 말했다. 이제 여길 좀 알 것 같은데 떠날 시간이네. 여행이 그런 건가 봐. 내가 답하자 친구가 이어서 말했다. 인생도 그렇긴 하지. 그 말이 사뭇 연극 대사 같아서 우린 마주보고 웃었다. 그치, 인생도 그렇지. 어느새 사는 법을 좀 알 것 같을 때 끝나겠지. 그런 얘기에 웃어버리는 우리는 여전히 어린 것도 같고, 이젠 좀 어른스러워진 것도 같았다.

| 김신지 | '내가 쓴 시간이 곧 나'라는 생각으로 걷고 쓰고 마시는 사람. 일상에 밑줄을 긋는 마음으로 자주 사진을 찍고 무언가를 적는다. 에세이 『시간이 있었으면 좋겠다』 『기록하기로 했습니다』 『평일도 인생이니까』 등을 썼다. 여행을 할 때, 모닝 맥주 마시는 걸 가장 좋아한다. |

혹시, 한국 분이세요?

임진아

딱 봐도 한국인처럼 보이는 사람들이 각자의 동네에서 지내던 모습 그대로 옮겨 와 떠들면 좋겠다. 여행을 좋아하는 한국인들이 마음껏 그리는 콜라주들이 그냥 제멋대로 그려지며 아무에게도 납작하게 보이지 않았으면 좋겠다. 그저 각자 그리고 싶은 그림을 시간을 내어 여기에서 붙여 그린 것뿐이라고.

친구들과 을지로의 밤거리를 걷던 중이었다. 한 친구가 고개를 숙이더니 내 귀에 가까이 속삭였다.

"딱 봐도 일본인."

친구의 시선을 따라 슬쩍 눈동자를 돌렸다. 뒷모습이라 얼굴은 안 보였지만 어느 거리에서나 있을 법한 사람이었다. "그래요?" 갸우뚱. 친구의 필터를 슬쩍 빌려와 상상을 하며 다시 쳐다보니, 일본인인 것도 같았다. 일본인인 친구는 먼 거리에서도 바로 알아봤지만 내 경우에는 말을 듣고서야 사람이 있는 걸 알아챘을 뿐이었다. 친구의 필터를 이해할 수는 있었다. 나와 같은 나라의 사람이라는 걸 바로 알아차리는 필터. 나에게도 그 필터가 존재했다. 여기를 떠나면 무의식중 장착되는 필터.

낯선 기분과 낯선 거리감을 위해 떠난 여행지에서 우리는 서로가 한국인임을 바로 알아차린다. 왜 한국인스러운지 설명할 필요도 없이 그저 시선에 들어와버린다. 당신이 왜 여기에…… 하며 얼른 자리를 피한다. 일본 여행을 자주 다닐 때면 반드시 한국인을 마주쳤다. 후쿠오카의 캐널시티에서, 도쿄역의 라멘 스트리트에서, 일본 TV 드라마 「고독한 미식가」 촬영지에서, 신주쿠의 카페에서, 도쿄 외곽의 패밀리레스토랑에서.

사람들은 나를 보고 주로 특이한 여행길에 오른다고들 하지만, 모든 일정이 그럴 수는 없는 노릇이었다. 어딜 가나 누군가는 있었고, 그중에 한국인이 있기도 했다. 아무리 일본인들만 다닐 것 같은 곳을 찾아가더라도 결국 나라는 한국인이 그곳을 찾은 일이 되었다. 내가 간 순간 어떤 식으로든 한국인도 아는 곳이 되었다. 거기에 또 다른 한국인이 있었다면 우리는 서로를 알아봤겠지만, 알아보지 못하고 지나쳐버린 한국인 또한 얼마나 많을까.

　일본을 처음 방문했던 20대 초에는 신오쿠보 안쪽 골목에 위치한 한인 민박을 숙소로 잡았다. 일정을 마치고 돌아오면 냉장고에 보리차가 새로 채워져 있는 다정한 곳이라서 마음 편히 지냈다. 숙소에서 나와 신오쿠보를 벗어나야만 드디어 진짜 일본인 것 같았다. 한국인을 알아보는 시선 따위 당시엔 장착할 줄도 몰랐다. 첫 해외여행인데다 출장이었기 때문에 느긋한 여유도 개인 시간도 없었다. 그래서일까, 낯선 곳에서 갑작스럽게 만난 낯선 한국인은 그저 신기했고 눈이 커질 정도로 반가웠다.

　하루 종일 쉬지 않고 돌아다니다가 회사 사장님과 함께 신주쿠 번화한 거리의 맥줏집에 들어갔던 밤이었다. 그곳에서 나는 생애 첫 일본 생맥주를 마셨다. 지금 다시 찾아가보려고 해도 절대 못 찾을 것 같다. 한국인은커녕 주변 건물이나 거리의 풍경조차 눈에 제대로 들어오지 않았으니. 카메라와 지도가 든 가방을 품에 안고서 사장님이 오라는 쪽으로 달려가고, 찍으라는 걸 찍고, 먹고 싶은 걸 먹을 수도 없지만 먹고 싶은 게 떠오르지도 않던 나날이었다.

맥줏집 또한 신오쿠보 숙소로 돌아가기 직전 저녁 겸 맥주를 마시러 눈에 보이는 대로 들어간 곳이었다. 테이블에 앉아 주변을 둘러보니 모두가 딱 지금 시간만큼 신나 보였다. 왁자지껄한 분위기가 사방팔방 들끓었던 장면은 아직까지도 스냅사진처럼 남아 있다. 사회생활을 시작하자마자 해외 출장을 떠난 스물두 살의 눈에는 술집 안의 모두가 저마다의 국적을 가진 외국인들로 보일 뿐이었다. 나와 사장님 둘만 지친 기색으로 조용히 앉아 있었기에 다른 의미로 제일 튀는 것 같았다. 도넛 모양의 시끌벅적한 나라 속, 조용한 섬 시민이 된 기분. 메뉴판에 있는 맥주 이름들 또한 어렵고 낯설기는 마찬가지였다. 생맥주는 생맥주일 텐데 색도 잔도 다른 맥주들이 줄기차게 나열되어 있었다. 꼭 잘난 척하는 표정들이 그려진 듯했다. 이 맛 알아? 의기양양 말풍선들을 무시하며 메뉴판을 응시했으나 세트로 먹으면 뭐가 좋고, 어떻게 먹으면 더 싸고 즐거운지에 대해 적혀 있어서 안 그래도 시끄러운 분위기에 메뉴판까지 합세한 듯했다.

유일하게 빗금이 잔뜩 그려져 있던 우리 테이블에 한 직원이 다가왔다. 그는 웃고 있었지만 우리와 비슷한 빗금이 그려져 있었다. 이마에 붙은 앞머리로 그의 피로함을 알 수 있었다. 스물둘의 어린 나이였어도 애써 웃는 얼굴에 그려진 빗금 정도는 읽을 수 있었다. 복잡한 설명이 친절한 일본어로 끝도 없이 이어졌고, 우리는 메뉴판과 서로의 얼굴과 직원의 얼굴을 번갈아 볼 뿐이었다. 그 순간이었다. 목소리의 톤이 시원하게 내려가면서 친숙한 말투가 귓가에 도착했다.

"혹시…… 한국 분이세요?"

나는 엄청난 반전 결말을 들을 것처럼 눈을 동그랗게 뜨고 고개를 그에게 천천히 돌렸다. 뭐가 그렇게 반갑고 신기하고 고마웠던지, 두 손으로 입을 가렸다.

"어머! 한국 분이구나!"

역시 사장님은 경력이 다른 반가움을 곧장 표했다. 그는 우리 쪽으로 얼굴을 숨기듯 숙이더니 힘을 주던 얼굴의 근육을 풀었다. 빗금이 그려져 있던 얼굴에는 이제 완전히 그림자가 드리워졌다. 퇴근 후 집 현관문을 닫을 때에야 지을 법한 표정이었다. 우리는 그를 너무나 반가워했지만 그는 우릴 반가워하지도 그렇다고 싫어하지도 않았다. 작업실 근처 식당 앞에 줄 서 있을 때 누군가 다가와 혹시 줄을 선 것이냐고 물어보던 건조한 상황과 비슷하다면 비슷했다. 그런 그의 태도가 이상하게 편했다. 한국인 앞에서 펼쳐지는 진짜 말투를 한국인이기 때문에 알아들을 뿐이었다. 태도와 말투와 건네던 한국말을 몽땅 합쳐보자면 딱 이러했지.

한국인이시군요. 여긴 왜 오셨어요. 네. 이 집 메뉴판 어렵죠. 그것 때문에 내가 또 일을 더 하고 있고…… 아무튼 설명해드릴게요. 일본어 사용 안 하니까 억양 좀 내릴게요. 안주는 꼭 하나 시켜야 하는데요. 감자튀김이 여기서 제일 괜찮아요. 그리고 맥주는…… 그냥 기본 맥주 한 잔 시키세요. 그게 나아요. 오래 있을 곳은 아니에요.

글쎄, 이 장면은 나를 몇 번이고 개운하게 만든다니까.

* * *

　몇 해가 지나고 나는 일 년에 세 번씩은 일본으로 떠나는 사람이 되었다. 떠날 땐 주로 혼자였지만 도착해서는 일본에 살고 있는 친구와 만나 둘이 되기도 했다. 한국에서도 일본에서도 우리는 단둘의 단합이 기가 막혔다. 어디서 술을 마시면 맛있게 먹었다고 우리의 세계 안에서 오래오래 소문이 날까 고민을 하는 게 우리의 행복 중 하나였다. 그래놓고 가는 곳은 맛집도 아니고 사람들이 몰리는 곳도 아니지만 일단 들어가면 마음이 편해지는 곳이었다. 그저 우리가 좋아하는 노래가 끝없이 흘러나왔다. 그게 우리가 고른 이유이기도 했다.

　익숙한 역에서 만나 익숙한 단골 가게에 오르니 만석이었다. 도쿄 아사가야의 스타로드 초입 2층에 자리한 작은 가게였다. 자주 만석이긴 했지만 언제나 그 안에 있던 우리였는데, 내가 못 들어가게 될 줄은 몰랐다. 늘 자리가 남아 있었는데 무슨 파티라도 열었는지 우리를 반기는 분위기가 아니었다. 거기가 아니면 절대로 안 되는 건 아니지만 쓸쓸한 건 사실이었다. 하지만 장소보다 함께하는 사람에 따라 분위기를 타는 나에게는 그리 큰 문제는 아니었다.

"그럼, 우리 그냥 요 앞에 오쇼[1] 가자."

친구는 내 얼굴 쪽은 쳐다보지도 않고 한숨을 쉬었다.

"거긴 그냥 김밥천국 같은 곳이야……."

김밥천국. 좋은데. 혼자 생각하면서 지도를 보며 걷는 친구를 뒤따랐다. 친구와 오쇼에 앉아 아무래도 상관없는 음식들을 깔아놓고서 시답잖게 떠들고 싶었던 마음은 김밥천국의 국그릇처럼 삐쭉 미끄러졌다. 걷고 또 걷고 같은 거리를 몇 번이나 돌던 우리는 친구가 가고 싶어 했던 식당 앞에 줄을 서기 시작했다. 친구 집에서 도보로 몇 분 안 되는 곳에 위치한 오키나와 전통 음식점으로, 「고독한 미식가」에도 나온 곳이라고 했다. 오키나와 음식이 뭔지도 모르던 때였지만 그래도 줄어드는 줄에 반가

---

[1] 교자노오쇼(餃子の王将). 구운 교자를 메인으로 하는 중화풍 일식 체인점. 일본에 가면 꼭 가는 체인점 중 하나. 교토에 본점이 있다.

워하며 금세 밝아졌다. 그때 친구는 내 귀에 가까이 다가와 속삭였다.

"뒤에 한국인 있다."

친구의 말에 얼굴을 뒷목으로 당기며 이중 턱을 만들었다. 그대로 눈알만 뒤로 보내니 누가 봐도 한국인이 맞았다. '딱 봐도 한국인' 필터는 어느 날 그냥 생겨 있는 거였다. 옷도, 앞머리 모양도, 바지의 수선 정도도, 떠드는 목소리 크기도 그냥 다 한국인 같았다. 그걸 알아채는 내가 좀 싫을 정도였다.

"여기 벌써 유명해졌네."

친구의 말에 나는 눈썹을 반쯤 내리며 웃었다. 같이 웃고 말았지만 한국인을 발견하고는 곧장 뻔한 식당으로 여겨버린 상황이 여간 찝찝한 게 아니었다. 이건 내 마음이 아닌데, 졸지에 그렇게 행동해버리면 이상하게 주눅이 든다. 이런 순간들은 나를 놀리듯이 바람처럼 흘러가버려 수습할 기회도 주어지지 않는다. 누군가가 우리를 보고 여기 이제 유명해졌다고 똑같이 말을 한다면 어떨까. "그러든지" 하고 무시할 대화일 뿐이었다. 누가 더 가게를 잘 알고, 누구는 일회용 경험만 하고 마는 게 아닌데. 내가 아닌 타인을 뻔히 보는 시선, 이 시선 또한 타지에서 한국인을 바라보는 필터였다.

「고독한 미식가」에 나온 유명 식당의 음식 맛은 전혀 기억나지 않지만, 식당 안에서 나눈 대화들은 또렷하게 기억난다. 자잘자잘 비쭉비쭉하게 모인 마음을 곧장 풀어야 하는 내 성정은 여행 중에서도 마찬가지였으므로. 난 그런 한국인으로서 「고독한 미식가」 식당 안에 놓여 있을 뿐이었다. 여행 내내 느꼈던 마음을 이때다 싶어 풀어버렸던 나였다. 근처 테이블에는 여기서 어떤 삶을 살고 있는지 전혀 모를 한국인 커플이 있는 채로.

친구와 도쿄를 다니는 동안 나는 한국말을 크게 하지 못했다. 우리끼리 너무 웃겨서 떠들다가도 옆에 사람이 (분명히 일본인이) 지나가면, 친구는 입을 꾹 다물고 내 귀에 작게 한국말로 속삭였다. 처음엔 이상했지만, 하루하루 지나며 여기에서 지내는 친구의 삶이 참 쉽지 않구나 싶었다. 상점 안에서 신나서 마음껏 구경하려고 하면, 이곳에 삶이 있는 친구는 오래 볼 필요는 없다는 듯이 먼저 가게를 나가버리곤 했다. 전혀 신나지 않다는 내색이 점점 슬프게 다가왔다. 나 또한 이리로 거처를 옮기면 비슷해질까. 어쩌면 친구는 생존의 한 영역으로 한국인으로 보이지 않기 프로젝트를 매일 실천 중인지도 모를 일이었다.

"야, 우리도 한국인이잖아. 누가 나한테도 그럴걸? 한국인 왔다고."

껄껄거리듯 말하며 남은 술을 마저 털어 마셨다. 밤은 우리가 예상한 것보다 일찍 끝이 났고, 술은 미지근하게 느껴졌다. 돌이켜보면 친구는 배도 고프고 지친 분위기를 한국인 발견 농담을 통해 풀고 싶었을지도 모른다. 가벼운 대화로 시답잖게 웃어넘기고 싶었을지도 모른다. 같이 시원하게 웃어버리고 말면 되는데 기어이 진지해졌던 내가 두고두고 싫기도 했다. 속마음을 좀처럼 숨기지 않는 나였지만, 끝내 전하지 못한 말은 있었다.

나는 너랑 도쿄 어디에서라도 서울에서처럼 한국어로 웃으며 떠들고 싶어. 그게 하나도 이상하지 않아. 왜냐면 우리는 늘 그렇게 놀았으니까. 나는 너랑 유명 맛집 앞에서 오래 기다리는 것도 괜찮고, 편의점 음식만 잔뜩 사서 먹는 것도 좋고, 사실 오쇼 너무 좋아해서 너랑 한 번 가고 싶었다, 너한테는 그런 게 그저 그런 일상이라 슬프다면 어쩔 수 없지만, 나는 네가 한국에 오랜만에 왔을 때 마포만두 가자고 하면 갈 거고, 김밥천국 가자고 하면 같이 가서 메뉴판에 바를 정 자 한 줄씩 그리면서 즐거워할 거야, 일본에서 나와 만났을 때 네가 일본어로만 말하고 싶다고 하면 나 노력해볼 수 있어, 그러니까 한국어 볼륨 줄이지 말고 속마음을 크게 말해주라.

언젠가 다시 도쿄에서 친구를 만난다면 한국말로 크게 말하고 싶다.

* * *

"혹시, 한국 분이세요?"

하야시 후미코 기념관에서 만난 한 중년 남성이 말을 걸었다. 정확히는 입장하지 못한 하야시 후미코 기념관 앞에서. 한국에 있을 때부터 기대하던 일정이었거늘, 막상 기념관에 도착하니 임시 휴무로 닫혀 있었다. 나와 동행했던 H, 그리고 아저씨. 세 명이 동시에 허탕을 쳤다. 기념관에 온 사람이 셋인데 모두 한국인이라고 기념관 관리인은 신기해했다.

우리들의 난처한 표정을 도저히 저버릴 수 없다는 듯이 관리인은 정원만이라도 구경하라고 들여보내주었다. 죄다 가려놔서 뭘 봐야 할지 모르겠지만 일단은 고마웠다. 며칠 뒤에 다시 오면 되니 문제없고, 오늘은 다음을 위한 미리보기 혹은 티저의 날로 만들면 그만이었다.

정원 구경은 금세 끝이 났다. 다시 입구에서 아쉬워하고 있으니 천천히 우리 쪽으로 걸어오던 중년 남성이 우리에게 슬며시 말을 걸어온 것이었다. 나는 그가 그냥 어딜 가나 있는 사색하기 좋아하는 아저씨로 보였는데 갑자기 한국어가 흘러나와서 깜짝 놀랐다.

도쿄에서도 나카이라는 지역, 그 안에서도 하야시 후미코라는 소설가가 살던 집에, 그것도 같은 날 같은 시간대에 함께 모여 있다는 건 서로에게 특별하게 다가왔다. 하야시 후미코를 좋아하는 한국 독자를 만난 반가움이었다. "하야시 후미코를 좋아하세요?" 따위의 질문은 필요 없는 관계다. 이미 내 손에는 하야시 후미코의 『방랑기』가 들려 있었고, 그의 손에도 뭐가 많이 들려 있었다. 대화는 거기서부터 시작이 되었다.

"며칠 전부터 소설 속 장소들을 다니고 있어서요. 여긴 하필 휴관이네요."

"어디 어디 다녀오셨어요?"

"어제는 아오야마 묘지에. 그저께는 도쿄대에 갔고요."

"그저께? 저희도 그날 도쿄대에 있었어요!"

"거기가 이제, 연못 하나가 있는데……."

읽었던 소설과 봤던 영화 속에 등장하는 장소들에 대해 이야기를 나누고 있자니 오늘의 기념관 투어는 말풍선만으로도 충분히 그려지고 있었다. 꼭 여기가 아니더라도 어디서든 만나 떠들 수 있는 이야깃거리들이 장소의 힘을 받아 빛을 내고 있었다.

그가 좋아하는 영화를 아직 안 봤든, 그가 찾아다닌 소설 속 배경지를 전혀 모르든, 아무래도 상관이 없다는 듯이 그는 자신의 여정을 풀어내기 시작했다. 이런 느낌 오랜만이었다. 학창 시절에 아이들 표정에 졸음이 깔리면 기묘한 무용담을 늘어놓기 시작하던 문학 선생님의 말투가 오랜만에 귀에 닿았다. 나와 H는 이 여정에서 좀처럼 짓지 않던 초롱초롱한 눈을 어느샌가 하고 있었다. 그것도 허탕을 친 기념관 앞에서.

자신보다 대략 20년은 어려 보이는 두 한국인을 다소 애정 어린 시선으로 바라보며, 온통 소설과 영화 이야기만을 늘어놓는 한 한국인. 그를 보고 있자니 마음이 풀려 버렸는지 나도 모르게 선 넘는 질문을 해버렸다. 오늘 헤어지더라도 언젠가 어떻게든 그의 발자취를 만날 것 같았기 때문이었다.

"혹시, 책 만들고 계신 거예요?"

의자를 끌어 다가가 앉듯이 훅 하고 질문을 던지자마자 그는 아차 하며 급히 물병 뚜껑을 닫기 시작했다.

"그냥, 영화 일, 글 쓰는 일 이것저것 하고 있죠, 뭐."

꽉 닫은 물병을 가방 옆에 찔러 넣는 동작은 꼭 자신에 대해서는 더 이상 말하지 말자는 다짐 같았다. 그간 이런 여정을 아주 오래 다닌 듯한 가방과, 가방 옆에 늘 삐져나와 있던 것 같은 물병, 목에 걸린 카메라, 그리고 그의 손에 둘둘 말린 책과 종이들. 우리가 나눈 대화가 몇 분짜리 영상인지는 모르겠지만 관리인이 다가와 자꾸만 난처한 웃음을 던지던 걸 보면 꽤 긴 시간이 지났던 것 같다.

"여기저기 다닌 이야기를 언젠가 볼 수 있나 해서요."

"그냥 다니는 것뿐이에요. 나이가 들면요, 다닐 이유가 생기걸랑 그냥 다니는 거예요."

기념관에서 나오자마자 문은 굳게 닫혔다. 어쩔 수 없는 건 어쩔 수 없다는 듯이. 밖으로 나온 우리들은 기념관 앞 언덕길에서 비스듬하게 선 채로 다시 이야기를 나눴지만, 결국 서로에 대한 정보는 전혀 나누지 않은 채로 각자의 남은 여정을 응원했다. 남은 여정은 이 여행의 끝만은 아닌 것만 같았다.

"여기 나카이라는 동네가 진짜 좀 묘하거든요. 저는 저쪽 위로 한번 걸어보려고요."

좋거나 맛있는 걸 먹을 때면 '묘하다'고 표현하는 아빠의 말버릇이 오랜만에 생각이 났다. 그는 다음 날 귀국이라 오늘이 아니면 여길 볼 시간이 없다고 아쉬워하며 돌아섰다. 내일 떠나기 전에 잠깐이라도 와야 할지 고민이 된다는 말을 남기며. 그간 살며 챙긴 관심사들로 언제든 바빠질 수 있는 사람들이 있다. 우리는 그런 점이 닮은 한국인이었다.

다음다음 날. 다시 하야시 후미코 기념관을 찾았다. 임시 휴관으로 닫아두었던 날과는 전혀 다른 풍경이 펼쳐져 있었다. 바쁜 기념관 관리인, 가이드와 함께 방문한 단체 관람객, 화창한 매표소, 초록색 잉크가 마련된 기념 도장과 오늘 날짜로 고정된 숫자 도장, 하야시 후미코 팻말, 서재, 응접실, 침실, 아틀리에 등등 정원의 풍경에 하야시 후미코가 지낸 집안의 분위기가 자연스럽게 더해지고 있었다. 한참을 둘러보고 다시 매표소 앞에서 여운을 느끼고 있는데 며칠 전에 만난 관리인이 다가왔다.

"다시 와줘서 고맙습니다. 지난번에는 죄송했어요."

허탕을 친 두 한국인을 알아봐주어 고마웠다.

"그때 있던 다른 한국인 분은 어제 방문해주셔서 고마

왔어요."

"어제 결국 오셨군요!" 하고 너무 심하게 기뻐했나 싶었는데 관리인은 푸근하게 웃고 있었다.

"정말로 다행이었어요."

뭐지? 이 연대감과 묘한 기쁨은? 땀을 흘리며 배낭을 느슨하게 어깨에 걸친 채로, 물병은 또 튀어나와 있었겠지. 나는 계속해서 "결국 오셨구나" "결국 오신 거야" 하고 중얼거렸다. 같이 기념관을 둘러봤다면 우린 어떤 대화를 나눴을까.

하루 차이로 같은 공간을 거닐었던 한국인을 그리면서, 우리는 수채화 풍으로 그려진 하야시 후미코 팻말 앞에서 사진을 찍었다. 사진 속에는 납작한 하야시 후미코와 딱 봐도 한국인인 두 명의 한국인이 찍혀 있었지만, 내 눈에는 이상하게 한 명의 한국인이 더해져 있었다. 같이 찍었으면 오래오래 봤을 사진을 마음에 그려 넣었다. 임시 휴관일에는 팻말조차 세워두지 않는 관리인의 철저한 관리와, 그럼에도 정원을 구경시켜준 따뜻함도 마음에 담았다.

많고 많은 일본 문인 중에서도 굳이 하야시 후미코를 좋아하고, 그가 살던 기념관을 찾아가고, 같은 날 같은 시간에 허탕을 친 한국인을 만날 확률은 대단할까? 잘 모르겠다면 이건 어떨까. 바로 그 한국인을 서울의 우리 동네에서 다시 마주칠 확률은. 딴 건 몰라도 이건 보통이 아니라고 떵떵거릴 수 있겠다.

늘 다니는 개천의 작은 다리 위를 건너고 있었다. 옆으로 쏙 지나가는 사람을 보고 잠시 걸음을 멈췄다. 정면을 본 게 아니라 아리송했지만 느낌만은 분명했다. 어디서 본 사람인데 누구였지? 고민하던 순간 떠오른 수식어는 바로 '그때 그 한국인'이었다. 도쿄 나카이의 묘쇼지강에서 헤어진 사람을, 서울 성산동의 홍제천에서 만나다니. 이런 말도 안 되는 가능성을 왜 따져야 하냐고 확률의 신도 화를 낼 것 같다.

몸을 돌려 지나친 한국인을 바라보았다. 여전한 느슨한 배낭에는 여전한 물병 하나가 익숙하게 튀어나와 있었다. 나도 모르게 손을 내밀었으나 도저히 부를 수식어가 없었다. 눈을 꼭 감고서 "하야시 후미코 기념관의 한국인 씨!" 부르는 상상을 했지만 결국 입이 열리지 않았다. 몇 년 만에 다시 만난 그의 뒷모습은 하야시 후미코 기념관 앞 골목에서 사라진 모습 그대로였다. 천천한 걸음걸이로 오늘의 궁금한 장소로 향하고 있다는 듯이. "결국 가셨더군요!" 외치고 싶었지만 이미 그는 다리를 건너 사라지고 있었다.

누가 도쿄에서의 한 장면을 그대로 오려 우리 동네 위에 붙여 놓은 것 같았다. 인생은 완전히 엉망진창 콜라주. 나 이 콜라주가 너무 좋다. 오려진 그대로 삐뚤빼뚤 사라지는 한국인. 누가 보면 그냥 지나가는 사람일 텐데 나니까 이 콜라주의 의미를 해석할 수 있어서 기분이 째진다. 매일 이렇게 제멋대로 붙여진 콜라주를 나한테 좀 보여줬으면.

언젠가 다시 그를 만날 수 있을까. 기왕이면 또다시 일본 소설 속 배경지 어딘가였으면 좋겠다. '저기 봐 한국인도 여기 왔나 봐' 하는 시선이 아닌, "그 책에서 여기가 참 중요한 장소였거든요" 따위의 대화로 이야기를 시작하면 좋겠다. 딱 봐도 한국인처럼 보이는 사람들이 각자의 동네에서 지내던 모습 그대로 옮겨 와 떠들면 좋겠다. 여행을 좋아하는 한국인들이 마음껏 그리는 콜라주들이 그냥 제멋대로 그려지며 아무에게도 납작하게 보이지 않았으면 좋겠다. 그저 각자 그리고 싶은 그림을 시간을 내어 여기에서 붙여 그린 것뿐이라고. 콜라주 감상은 자유, 겪은 사람만이 아는 풍부한 이야기는 비밀!

다음에 다시 만난다면, 기필코 내가 받았던 질문 그대로 "혹시, 한국 분이세요?" 하고 말을 걸고 싶다. 초롱초롱한 눈으로 건넬 다음 말은 바로 이것.

결국 가셨더라고요. 저는 그 다음 날 갔어요. 한 번 더 가보길 정말 잘했어요.

그러면 아마 그는 이렇게 답하지 않을까.

"그러니까 이제, 입구에 작은 방 하나가 있는데……"

| 임진아 | 읽고 그리는 삽화가. 생활하며 쓰는 에세이스트. 만화와 닮은 생각을 글과 그림으로 기록한다. 종이 위에 표현하는 일을, 책이 되는 일을 좋아한다. 에세이 『읽는 생활』 『오늘의 단어』 『아직, 도쿄』 『빵 고르듯 살고 싶다』 등을 썼다. 여행을 할 때, 다시 함께 오고 싶은 사람이 떠오르는 순간을 가장 좋아한다. |

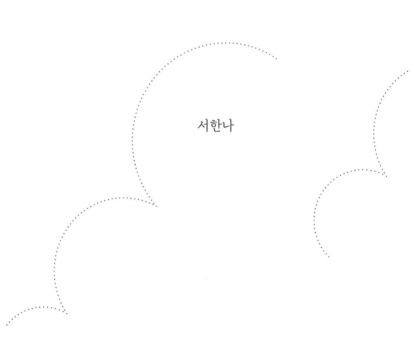

카페 사이공

서한나

지금까지 나는 여행보다 대화, 인터뷰 글 읽기, 다른 차원에 있는 것처럼 느껴지는 시간을 좋아한다고 생각해왔다. 그러면 공항까지 가지 않아도 여행할 수 있으니까. 언제나 현실보다 상상이 나았으므로. 그럼에도 종종 홍콩과 니스, LA에 가볼까 하는 것은 기억 때문이다. 나에게는 지루함을 가시게 할 기억이 필요하다.

운동보다 좋은 것은 운동이 끝난 다음이며 도서관보다 좋은 것은 도서관 문을 박차고 나올 때다. 여행에 대해서도 마찬가지인데, 여행에 관한 글을 쓰기는 인생에 관해서 쓰기만큼이나 까다롭다고 생각하면서도 여행보다 좋은 것은 여행 이후라고 생각한다. 인생이 끝나고 나면 인생보다 좋을까 잘 모르겠다. 일단 말할 수 있는 것은

오션

외국 요가원은 어떻게 생겼을까 궁금했다. 사진을 보

면 정글 한가운데에 있는 것 같았다. 그런 요가원은 어떤 길을 지나서 어떤 복판에 어떤 모습으로 있고 주인은 나를 맞이하는지 혹은 맞이하지 않는지 돈은 언제 어떤 식으로 내는지, 시작과 끝이 있는지 같은 것이 상상되지 않았다.

끄라비의 요가원은 거두하고 절미한 곳이었다. 로커가 없고 늦은 사람은 소지품을 구석에 두고 적당히 합류했다. 사람들이 퇴장하고 선생님이 방 불을 끄는 모습을 보았는데, 어둑해진 요가원은 가정집 같았다. 창으로 풀벌레 소리가 크게 들려오고, 처음 만난 것 같지 않게 정을 듬뿍 담아서 인사해주는 것이 좋았다. 나가는 길에 길을 잃거나 전화를 빌린다고 해도 내치지 않을 것 같은 푸근함… 몸에 감도는 열기를 느끼면서 그 집 앞 의자에 앉아 있었다. 모기가 달려들어서 가렵고, 숲에서 불어오는 바람이 시원했다.

한 시간 전만 해도 뙤약볕이던 비포장도로가 해가 진 뒤 그렇게 운치 있을 것이라고는 생각하지 못했다. 누구나의 시원하고 쓸쓸한 저녁을 환기시키는 길을 삼 분 남짓 걸어 올라가다보면 차들이 지나다니는 도로가 말도 안 되게 붉은 빛깔로 물드는 것을 볼 수 있었다.

선셋은 전혀 아니고, 도로 위 자동차에서 나오는 빛과 가게에서 나오는 빛이다. 거리는 온통 빨갛다. 환각에 가까울 정도로. 나와 일행은 요가를 마친 슬리퍼 차림으로 도롯가를 반씩 나누어 걸은 다음 숙소의 운전기사가 몰고 온 트럭 뒷좌석에 탄다. 같은 방향으로 달리는 헬멧 안 쓴 라이더들을 보면서 비슷한 처지로 뒷좌석에 탄 채 숙소로 실려가는 이들이 풍기는 냄새를 성실히 맡는 것이다. 자세를 바꾸어 앉으며 그 도시가 나에게 보여주는 것들을 본다.

이런 것을 보기 위해서 새벽부터 공항에 가고, 짐을 부치고, 줄을 서고, 옷을 벗고, 짐을 풀었다가 다시 싸고, 젓갈 맛이 나는 음식을 잘못 사 먹으며, 서두르고, 휴대폰을 만지고 싶지 않을 때에도 만지면서 이곳에 온 것이다.

끄라비는 꽉 찬 느낌을 주었다. 숙소에서 만난 비듬이 많고 친절한 주인이나 마른 몸에 팁을 받아도 서글퍼 보이는 운전기사, 햄버거든 볶음밥이든 코스트코에서 팔

것 같은 뻔한 감자튀김까지 끝내주게 튀기던 펍의 앳된 소녀도….

해변 근처는 밤이면 개성이 살아난다. 관광객이 판을 치는 모습이 그런대로 흥미로운 것이다. 대형 술집과 약국은 모두 영업 중이다. 펍의 직원은 팬 하나로 온갖 요리를 한다. 치울 때는 뜨거운 물을 큰 팬에 부은 다음 펄펄 끓이면서 그 물을 다른 작은 팬에 순서대로 끼얹어서 씻는다. 작은 돌들을 밟고 가게 안을 돌아다니는 거렁뱅이하고 담배를 피워 물고 휘청거리면서 테이블 사이를 오가는 성가신 사장하고 무슨 사이인지 모르겠는데, 구글 지도에 의하면 이곳은 음악 하는 형제가 같이 운영하는 바라고 한다. 그러면 저 사람은 누구지? 일주일에 하루 쉬고 매일 여기 나와서 패티를 굽는 쟤는 누구냔 말이야.

나이트

그날은 처음으로 모르는 사람한테 인스타그램 아이디를 물어봤다. 팬 앞에서 무뚝뚝하게 또 뭘 굽는 걔한테

다가갔다.

> 헤이, 너의 요리 실력에 감동했다
> 웃음. 고마워
> 나 내일 한국에 간다
> 언제 다시 와?

　그가 자신의 핸드폰을 켜서 태국어를 보여주었다. 한자보다 어려웠다. 여기서 조금 더 버벅대면 너무 버벅대는 한인처럼 보였을 것이므로 화면을 사진으로 찍었다. 일행을 챙겨 집으로 돌아왔다.

　풀장에서 놀면서 그 애에 대한 이야기를 했다. 엄청 어려 보이죠. 네. 근데 엄청 우직해 보여요. 우리는 그의 매력에 이끌려 그 펍이 집 근처에 있고 분위기도 좋고 거의 매일 다른 여행자들이 온다는 이유를 들어 뻔질나게 드나들었다.

　일행이 침대에 뻗었고, 나는 그의 인스타그램에 들어가는 것에 성공했다. 자기암시적인 문구와 얼굴 사진, 좋아하는 작가와 찍은 사진, 동물 사진, 과거의 교복 사진 등이 보였다. 번역하기를 눌러 그것을 읽었다.

나는 그 여행 끝에 일행과 이야기하며 끄라비 다신 안 올 것 같다는 말을 했는데, 아무래도 갈 것 같다. 끄라비에는 내가 아는 술집이 있고, 분위기도 좋고, 거의 매일 다른 여행자들이 오니까.

모먼트

우리가 함께 여행할 거라고 생각하지 못했다. 그도 그런 것 같다. 우리는 사진만 찍으면 오묘하게 나왔다. 입은 웃고 있지만 눈은 슬픈. 비행기표를 샀지만 오지 못한 B가 걱정했다. 둘이 간 김에 좀 친해져서 와. 그와 나는 입을 모아 말했다. 우리 친해….

그와 함께 있지 않았더라면 그 밤, 페기 구의 노래를 틀고 수영할 생각은 못했을 것이다. 그도 아마 「여름 안에서」를 듣지는 않았을 것이다. 그렇게 크게는.

그때 나는 느낌, 갈증과 더위, 불만족과 만족을 생각하느라 정신이 반쯤 나가 있었는데, 그에게는 끄라비를 떠올리면 내가 냉장고를 여는 모습이나 텔레비전 채널을 돌리는 모습, 미니 탁구 포장을 뜯는 모습이 생각날 것이고 내게는 그가 식빵과 담배를 물고 방문을 연 채 짐을 싸는 모습이 기억난다는 것이 새삼 신기했다.

동네는 밤낮없이 자유로웠다. 아무 데서나 오토바이가 튀어나오고 유턴하며 그 사이로 택시가 빠져나갔다. 세탁하는 꼴을 본 적 없는 세탁소의 세탁소 냄새와 오늘 다 안 팔면 어쩔 생각인지 모르겠는 쏟아질 것 같은 좌판의 과일, 온갖 생김새들이 피우는 죄 다른 담배, 짤막하고 뚱뚱한 것부터 얇은 것까지, 갈색부터 밝은 색까지, 말없는 두 여자가 피우는 것부터 슈퍼에서 프링글스 사다 먹는 펍 주인의 어울리지 않는 레게 머리까지.

우리는 그가 영어학원 원어민 강사로 근무하는 매튜가 아닐까 하고 생각했다. 둘 다 그렇게 느꼈으므로 그를 매튜라고 생각하기 시작했다. 일행이 말했다. 근데 매튜, 컨버스 티셔츠 입은 것마저도 히피 안 같아요. 나는 그의 레게 머리가 너무 뒤에서부터 시작하는 게 아닐까 생각했지만 리오LEO 맥주는 맛있었다. 일행이 상상력 있는 사람이라서 좋았다.

마트에서 장을 본 뒤 아이스크림을 하나씩 물고 나와 계단에 걸터앉았다. 더운 나라에만 가면 초콜릿 코팅이 된 아이스크림을 집는다. 한국에서 나는 그런 것을 거의 먹지 않고, 먹게 되더라도 이로 뜯어내고 먹는다. 그러나 더운 나라에서는 전부 먹는다. 그날도 그러고 있었다. 저녁의 돌계단에 걸터앉아서, 도롯가의 불빛을 보면서, 아이스크림을 먹으며, 오토바이를 저기서 어떻게 돌리지, 그런 생각과 마트 한쪽에 진열돼 있던 지샥과 베이비지 모델을 생각했다. 저 마트에 왜 예쁜 게 있지… 일행도 시계 생각을 하는 중이었다.

집 가서 「나는 솔로」 틀어놓고 시계 구경하면 너무 재밌겠죠.
네…

그는 우리가 너무 쾌적해서 호화로울 지경인 숙소 거실에서 숨죽인 채 인터넷 쇼핑에 몰두하고 있는 것이 웃

기다고 하면서 잠시 웃은 뒤 쇼핑을 계속 했다.

다음 날 우리는 걸어서 마트에 가기로 했다. 일행은 인디고핑크가 아니고 살몬핑크인 것이 그 시계의 매력이라고 했고, 나는 시계를 사든 안 사든 아이스크림을 하나씩 먹고 오자고도 했다. 가는 길에 편의점이 있는 언덕 앞에서 마른 개를 봤고, 도합 세 마리였다. 우리는 편의점에 가서 생수와 빈 그릇을 샀다.

물이 많았는데도 개들이 죄다 먹어서, 사료를 사야겠다고 생각했다. 직원에게 멍멍 소리를 내었다. 그가 가리킨 곳에 강아지 얼굴이 그려진 사료 봉지가 있었다. 한 녀석이 물그릇을 들고 턱을 뛰어넘다가 자기 얼굴에 물을 쏟고 바보같이 그 짓을 두 번 반복했는데, 돌아가서 언덕 위를 보니 거기에 물을 아직 안 먹은 애가 있었다.

우리는 서로를 바라보았고, 단둘이 5박 6일의 여행을 떠나야 한다는 사실을 받아들였을 때보다도 슬픈 표정이 되었다.

시계 보지 말까요…

네…

오늘은 바에 가지 말자 약속하며 바이크를 타고 동네
를 한 바퀴 돌기로 했다. 그 바를 지나갔고, 바 직원이 인
사해주었다. 오토바이를 세워두고 풀장에 뛰어든 뒤, 물
에 조금 떠 있다가 누가 먼저랄 것도 없이 펍에 갔다.

그와 무슨 이야기인가를 하다가, 지금 이거 꿈에서 느
낀 적 있는 감정이라고 했더니 그가 이야기를 하나 해주
었다. 꿈은 우리 뇌가 우리에게 특정한 감정을 경험하게
하려고 인물들을 섭외해서 이야기를 만드는 거래요.

말도 안 되는 인물들과 말도 안 되는 잡스러운 상황이
모여서 그 감정을 느끼게 하는 것이라니. 이것은 내가 좋
은 글에 기대하는 것이었다. 꿈의 내용이 어떠했는가보
다도 거기서 느낀 감정이 중요해요.

현실에서 느낀 감정을 다시 거기에서까지 느껴야 하
다니. 어쩐지 익숙한 공포, 어쩐지 익숙한 찜찜함, 어쩐
지 익숙한 불안, 어쩐지 익숙한 횡재수, 어쩐지 익숙한
러브 바밍(Love-boming)….

상상력과 연민이 없는 사람과 여행할 수 있을까? 아마 보안검색대에서부터 후회할 것이다. 상상력과 연민이 없는 상태로 글을 쓸 수 있을까? 누가 읽기야 읽겠지만, 기억하지 못할 글이 될 것이다.

그런대로 쓸 수는 있을 것이다. 내가 물안경을 쓰고 흰색 노란색 물살들과 닿지 않으려고 하는 동시에 더 잘 보려고 할 때, 물 밖에서는 내 친구가 카자흐스탄 인플루언서에게 붙잡혀 사진 찍어주는 괴로움을 겪고 있었다는 일화에 대해서나 중년 레즈비언이 모래사장에서 안주도 없이 맥주를 마시는 모습을 보고 감자칩을 내밀었다 가차 없이 차단된 사건에 대해서⋯.

유럽을 돌 거야. 도착한 나라에선 그 나라 영화를 보고. 선배의 계획은 그럴듯하게 들렸고 나중에 여행을 가게 된다면 따라 해도 좋을 것 같았다. 그러나 좀처럼 되지가 않았다.

숙소가 갑자기 무섭게 느껴져서 무조건 웃기거나 바보 같은 것을 틀어놔야겠다는 생각으로 집에서 매일 보던 것을 틀다가 기절하듯 잠에 든다거나, 거리가 지나치게 현대적이어서 기분이 안 난다거나. 영화를 보면서 여기가 어디인지 느끼는 것이 숫제 되지가 않는 것이다. 여기에 왔구나, 하는 것을 느끼려고 하면 할수록 여기 같은 건 없다는 사실만 알게 되었는데, 알고 싶지 않았기 때문에 영화를 껐다.

지금까지 나는 여행보다 대화, 인터뷰 글 읽기, 다른 차원에 있는 것처럼 느껴지는 시간을 좋아한다고 생각해왔다. 그러면 공항까지 가지 않아도 여행할 수 있으니까. 언제나 현실보다 상상이 나았으므로. 그럼에도 종종 홍콩과 니스, LA에 가볼까 하는 것은 기억 때문이다. 나에게는 지루함을 가시게 할 기억이 필요하다.

캠퍼스를 드라이브하면서 레드벨벳의 「오 보이」를 들었다. 여름이 오면 끝장을 보겠다 다짐했지만 막상 여름이 오면 전혀 다른 여름을 보내게 된다. 교토에 가는 것은 기대되는 일이지만, 기대와 같은 일은 아니다.

드디어 하와이에 왔구나 실감한 것은 차를 빌려 타고 도넛 가게를 향해 달리던 순간부터였다. 그때 무슨 노래를 들었는지 기억나지 않는다. 아마 망측한 노래였을 것이다. 창문 밖으로 진한 초록색과 회색이 함께 보였으며, 트럭에는 사람들이 타고 있었다. 나는 그를 '하이웨이 보이'라고 불렀다. 한국에 돌아와 이렇게 적었다. "여행가고 싶다기보다⋯ 하와이 마트에 차 대고 딱 내렸을 때 본 그 주황색 동네 풍경이랑 빛바랜 자동차들 듣기 좋은 소음⋯ 그런 게 보고 싶네."

하루는 식당에서 냄새나는 국밥을 먹었다. 건더기 하나에 하얀 덩어리가 보여서 아 뭐지 곰팡이, 싶었지만 안 먹을 수도 없고 먹을 수도 없는 상황이 싫어서 그걸 빼고 먹었다. 먹으면서 한 생각은 이런 것이었다. 나는 늑대에게서 길러진 늑대인간이고 식량난에 시달리고 있기에 이것저것 가릴 처지가 아니고, 더구나 난 매우 거칠게 자라 곰팡이도 씹어 삼킬 인물이라는 것⋯ 그 생각에 잠시 빠져서 식사를 얼추 다 마치고 일어났을 때, 직원이 하얀 덩어리를 가리키며 그 두부 맛있다고 했다.

상상으로 현실을 이겨내려는 시도는 헬스장에서도 일어난다. 가슴으로 들어 올릴 수 없을 것 같은 무게를 만

나면 내가 청주여자교도소에서 복역 중인 특전사라고 생각한다. 그래야 이 모든 것을 때려치우지 않을 수 있다.

어쨌거나 여행은 갈 만한 것이고 인생은 살 만한 것이다. 이런 식으로 계속해서 말할 수 있을 것이다. 보안검색대는 성가신 것이며, 병원에 가는 길은 무엇보다도 외로운 것이다. 웨이트는 하고 나면 개운한 것이며, 나는 지루한 것보다 미치는 것이 낫다고 생각하는 사람인 것이다. 그러나 개운한 몸은 무엇보다도 좋은 것이라서, 술을 마시는 한편 알코올성 치매 검사를 주기적으로 받으려는 것이며, 건강염려증이 있지만 건강에 안 좋은 모든 것을 하는 것이다. 미친놈에게는 모든 것이 괜찮은 것이 되기 때문에, 열네 시간 비행을 앞두고 수면제를 먹으려는 마음으로 이어질 시간을 생각한다. 오래된 드라마를 다운받으면서.

만족하는 사람보다야 도망치고 싶어 하는 사람, 거리를 미친 듯이 쏘다니는 사람에게 관심이 있다. 그들의 갈망이 무엇을 향하고 있는가보다 그것이 어디서 왔는지 궁금하다. 이제는 들을 수 없게 된 동방신기의 노래 가사에는 이런 게 있다. 그! 너의 생각 너의 관심 니 귀에 달려 있던 귀걸이가 궁금하다는… 몸무게까지도.

필요한 책을 구하러 서점을 돌아다니다가 웬 잡지 코너에서 지휘자의 인터뷰에 이끌려 잡지 한 권을 손에 든다. 아마 그도 처음에는 내켜하지 않았을 인터뷰일 것 같지만 그것을 읽다가 아이디어를 얻어버리기도 한다.

도서관에는 얄미운 책 제목도 있다. 분별력은 서가를 돌아다니는 중에 생긴다. 빌리려던 책이 내가 알고 있던 표지와 다를 때는 흥미마저 식는데, 마지막 신호등을 기다리면서도 맞춤한 한 곡을 고르려는 집요함처럼 정확하게 좋기를 바라는 것이다.

도서관과 서점 돌아다니기는 계획한 것에서 벗어나더라도 충분히 좋다. 글을 쓰기 위해 왕창 챙겨온 책을 한 권도 열어보지 않고 웹 사이트만 뒤적거리고 메모만 잔뜩 했다고 하더라도 그것 역시 좋은 시간이며 글쓰기인 것처럼.

낮보다는 저녁. 도심 한가운데보다는 나무와 풀이 많

은 바깥으로 문을 열고 나올 때 맡는 냄새가 내게는 이동처럼 느껴지고, 한없는 그리움이 된다.

이 글을 쓰면서 몇 번인가 도서관에 다녀왔고 몇 권의 책을 빌렸으며, 대부분 읽지 않고 반납했다. 내가 쓰려는 것과 연관도 없고 어떤 영감도 얻을 수 없게 생긴 책들이다. 하지만 그것들은 초조함을 느끼게 하고 연상하게 하고 밤의 냄새를 맡게 한다. 그런 것을 반복하고 나면 마음을 잡고 놓지 않는 것에 가까이 다가가게 된다.

이 글을 쓰기 전에 몇 번인가 여행을 다녀왔고 누군가에게 여행 가자, 프러포즈를 했다. 그 시간들은 좋기도 하고 그저 그렇기도 했다. 끄라비 그 사람은 인스타그램에 하트를 눌러주기는커녕 아무것도 올리지 않는 사람이 되어버렸지만, 그것들은 내 안에서 기억이 되었다. 초조하고 부당하게도 마음을 잡고 놓아주지 않는다. 그것을 다시 느끼기 위해 그곳에 가면 모든 것은 그저 그렇다.

서한나 | 산문집 『사랑의 은어』와 『피리 부는 여자들』(공저)을 썼
다. 시간을 보낼 만한 거리가 좀 더 있었으면 한다.
여행을 할 때, 다신 안 오겠다고 하는 걸 가장 좋아한다.

쓸쓸한 마음,
그럼에도 밝은 쪽으로

오하나

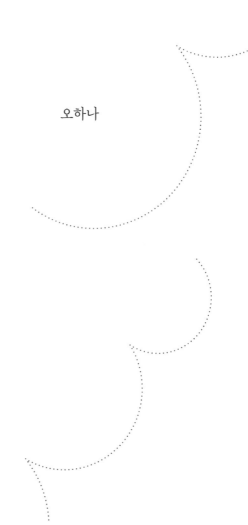

•
이 글에 실린 가네코 미스즈의 시는 『金子みすゞ童謡全集(가네코 미스즈 동
요전집) 1-6』(JULA出版局, 2003)에서 발췌하여 저자가 직접 번역했습니다.

시인의 시를 멀리 퍼뜨리려는 씨앗 배달부가 나만이 아니었다는 사실이 무척 놀라웠지만, 한편으로는 당연한 일일지도 모른다. 쓸쓸한 마음, 그럼에도 밝은 쪽으로 벋어 나가려는 마음이 우리 모두의 본성일 테니까. 그리고 그런 마음을 미스즈의 시에서 발견하고 감동하여 절로 더 많은 이들과 나누고 싶어진 것뿐이니까.

아침놀 스러진다 / 풍어다. / 큰 정어리 / 풍어다. // 항구는 축제로 / 들떠 있지만 / 바닷속에서는 / 수만 마리 / 정어리의 장례식 / 열리고 있겠다.

—「풍어」[①]

스물여섯 살이 되던 해 나는 운명처럼 시인 가네코 미스즈(金子みすゞ)를 만났다. 지금은 남편이 된 당시 남자

[①] 「풍어」, 『아름다운 마을-하』, pp.12-13

친구가 건네준 한 권의 시선집. 그리고 그 안에 들어 있던 이 짧은 시 한 편이 내 삶을 얼마나 크게 바꾸었는지 모르겠다. 스물여섯이 되도록, 나는 항구에 축제가 열리면 '무슨 물고기가 잡혔나' 들떠서 기웃거리는 사람으로만 살아왔지, 바닷속에서 수많은 물고기가 그물망에 걸려 고통스러워 한다는 생각은 미처 해보지 못했다.

그때로부터 일 년 전인 2011년, 나는 교토에 살고 있었고 동일본 대지진 소식을 꽤 가까운 곳에서 전해 들었다. 하루아침에 많은 생명이 해일에 휩쓸려 목숨을 잃었고, 원전사고로 방사능이 유출되어 땅과 바다가 오염되고 있다는 뉴스를 자주 접했다. 후유증을 길게 앓으면서 왜 살아야 하는지, 살아있다는 건 무엇인지, 답을 구하려고 고뇌하곤 했다. 그래서 때마침 만난 그의 시가 내 안에 오래 머물면서 나와 영혼의 대화를 나눌 수 있던 건지도 모르겠다.

시인의 시는 늘 곁에 있지만 잘 들리지 않던 목소리를 다시금 들려주었다. 풀잎, 작은 벌레, 땅속 뿌리, 밤하늘에 잠긴 별, 조약돌, 낙엽, 시든 꽃 등등……. 폭 안기고 싶을 만큼 다정하고 따뜻한 시어, 그러나 동시에 내면을 꿰뚫어 보는 통찰. 갓난아기가 엄마 젖을 빠는 것마냥 나는 그의 시가 갖고 있는 좋은 것은 전부 받아들이고 싶었다. 그러는 사이 갈피를 잡지 못하고 방황하던 나의 마음도 또렷하고 맑은 한 줄기 음률에 맞춰져갔다. 마치 세상 만물에 깃든 진실한 소리를 들을 수 있는 귀를 갖고 다시 태어난 기분이었다.

제주로 내려오고 난 뒤 나는 귤나무를 돌보는 농부가 되었다. 과수원에서 시간을 보내면서 사람뿐 아니라 우리와 함께 살아가는 무수한 존재들의 목소리에 귀를 기울이고 그들에게 내 영혼의 문을 활짝 열어주는 일이 나를 충만하게 해준다는 걸 알게 되었다. 그런 순간순간을 시로 붙잡아두고 싶었고, 부지런히 시를 써서 독립출판물로 시집을 냈다.

그러던 어느 날, 믿지 못할 일이 일어났다. 한 출판사로부터 가네코 미스즈의 시를 우리말로 옮겨 달라는 번역 의뢰를 받은 것이다. 단 한 번도 생각지 못했던 기적 같은 일이었다. 너무도 벅차서 당장이라도 몸이 붕 떠오를 것 같던 그날, 과수원 일을 마치고 집으로 돌아오는데 차창 너머로 하늘에 뜬 무지개가 보였다. 꼭 무지갯빛을 한 커다란 미끄럼틀이 우리 마을로 내려오는 것만 같았다.

'미스즈 언니가 기뻐서 여기로 오려나 봐!'

언니를 맞이하듯 무지개를 향해서 손을 흔들며 인사를 건넸다. 그리고 언젠가 책이 나오면 그 책을 품에 안고 언니의 고향에 다녀오겠다고 마음을 먹었다.

그리하여 2019년 1월 20일, 나와 남편은 단출하게 꾸린 짐 안에 두 권의 책을 넣고, 제주에서 부산으로, 다시 부산에서 후쿠오카로 비행기를 갈아탔다. 그리고 열차와 자동차를 타고 최종 목적지인 센자키와 시모노세키로 향했다. 좁고 고불고불한 산길을 지나면서는 멀미를 하며 고생하기도 했지만 '언니에게 가는 길이니까'라고 생각하니 그 모든 시간이 그저 애틋하기만 했다.

* * *

미스즈의 길, 기무라 서점

우리가 탄 열차가 곧 센자키역에 도착한다는 안내 방송이 흘러나왔다. "어서 오세요, 가네코 미스즈의 고향에"라고 적힌 큼직한 팻말이 차창 너머로 보였다. 하늘을 나는 갈매기 아래 그려진 언니의 다소곳한 얼굴을 보자, '제대로 찾아왔구나' 하고 안도하면서도, 텅 비어 적막감이 흐르는 역사를 둘러보고는 '너무 큰 기대는 하지 말아야지', 조금은 마음을 내려놓기도 했다. 가네코 미스즈의 고향이라는 것 말고는 아무것도 아는 게 없는 이 시골 마을에서 과연 무엇을 만날 수 있을까?

'미스즈의 길'을 따라 가네코 미스즈 기념관까지 걸어가보기로 했다. 대한 무렵의 겨울인데도 볕만은 봄처럼 따사로워서 또 금세 무언가 좋은 일이 생길 것처럼 마음이 들떴다. 그런데 세상에, 길가에 늘어선 모든 집 앞에 손 글씨와 그림으로 꾸민 미스즈의 시화가 걸려 있는 게 아닌가! 상점의 셔터, 우체국, 채소 가게와 아담한 신사,

그 어디를 가더라도 시인의 시가 마을을 수놓고 있었다.

'어디에나 미스즈의 시가 있어! 시를 따라 읽는 소리가 어딘가로부터 끊임없이 들려오는 것 같아. 어떻게 이런 일이 있을 수 있지?'

시인이 생전에 고향에서 마주치던 것들을 벗 삼아 쉽고 다정한 시를 써주었기 때문일까? 나도 미스즈의 시가 보일 때마다 걸음을 멈추고 마음속으로 시를 따라 읽었다. 그래. 분명 그래서일 거다. 마을 사람들은 즐거운 마음으로 화단을 가꾸듯 미스즈의 시를 곳곳에 뿌려서 가꿔왔던 것이리라. 한 시인 덕분에 마을 전체가 노래를 하는, 너무도 경이로운 풍경이었다.

> 나는 좋아하고 싶은 걸, / 누구나 할 것 없이 모오 두. // 의사 선생님도, 까마귀도, / 남김없이 좋아하고 싶은 걸. // 세상 것은 모오두, / 하느님이 만드신 걸.
> —「모두를 좋아할래」일부[2]

[2] 「모두를 좋아할래」, 「쓸쓸한 공주 – 상」, pp.104-105

이런 마을에 살면 설령 누구와 다투더라도 금방 화해하고 싶어질 것이다. 골목골목마다 스민 시인의 따스한 마음이 마을을 포근하게 감싸주는 것만 같았다.

그러다가 문득 한 서점을 마주쳤다.

가네코 미스즈와 관련된 책들이 있습니다.

—기무라 서점

나는 눈을 반짝이며 서점 문을 열고 들어갔다. 학생들 참고서를 주로 팔 법한, 언뜻 보면 평범해 보이는 서점 구석에 가네코 미스즈의 책을 모아둔 코너가 있었다. 벽에 걸린 액자 속에는 어떤 할머니의 사진이 담겨 있었다. 나는 계산대에 앉아 계신 또 다른 백발의 할머니께 물었다.

"저 분은 누구신가요?"

"우리 할머니예요. 101세에 돌아가셨죠. 가네코 미스즈를 너무 좋아하셨지요. 얼마나 좋아하셨으면 미스즈 시에 나오는 꽃들을 화단에 심으셨다니까요."

반가워라! 인자하게 호호호, 하고 웃으시는 할머니께 가네코 미스즈의 흔적을 찾아서 이곳에 오게 되었다고 말했다. 그러자 할머니는 반색을 하시면서 빛바랜 흑백 사진 한 장을 꺼내어 보여주셨다. 사진 속에는 어느 여자 고등학교 학생들이 단체로 포즈를 취하고 있었는데, 그 안에 앳된 가네코 미스즈의 모습이 보였다. 놀라서 토끼 눈을 하고 할머니를 보자, "우리 아버지가 찍은 거예요" 하고 또다시 호호호, 작게 웃으셨다. 누군가에게 선물할 까 혹시 몰라 챙겨온 책 두 권이 생각났다. 나는 쑥스럽게 웃으며 할머니께 책을 건네드렸다. 내가 번역한 미스즈의 시화집이었다. 그러자 할머니는 눈물을 글썽이며 연거푸 고맙다는 인사를 하셨다.

"아리가토. 도모, 아리가토."

감사한 건 나인데……. 미스즈를 좋아하는 분에게서 시인에 관한 생생한 이야기를 전해 듣고, 그를 그리워하는 마음을 원 없이 나눈 벅찬 순간이었다. 할머니가 고맙다는 말을 하실 때의 표정, 나에게 연신 고개 숙여 인사하시던 모습을 나는 지금까지도 잊을 수가 없다.

가네코 미스즈 기념관

가네코 미스즈는 지금으로부터 120년 전, 혼슈 야마구치현의 바닷마을 센자키에서 태어났다. 본명은 가네코 데루. 그는 어릴 때 아버지를 잃고서 불심이 두터운 할머니와 자애로운 어머니 아래서 자랐다. 어머니는 집 1층에 서점을 열고 어린 데루를 키웠는데, 그때의 서점과 데루의 방을 재현한 공간이 가네코 미스즈 기념관의 일부로 마련되어 있었다. 센자키에서 내가 가장 들르고 싶었던 곳이다.

드르륵. 오래된 일본 전통 가옥의 문을 열고 들어서자 책장을 빼곡히 채운 고서와 매대에 가지런히 늘어선 어린이 잡지가 보였다. 방과 후 엄마가 일하는 서점으로 돌아와서 책을 뒤적이며 시간을 보내는 데루를 당장이라도 만날 것 같은 묘한 기분이 들었다. 가파른 계단을 올라 2층으로 가니 데루의 방이 있었다. 네 평 남짓한 다다미방에 놓인 단출한 가구들은 어쩜 이렇게 작기만 한지 그저 놀라웠다. 데루가 무릎을 꿇고 앉아 무언가를 끼적였을 책상도, 희부연 빛이 새어 드는 나무 쪽창도 참 작앉다. 책상 위에는 얇은 노트와 연필 한 자루, 데루가 들고 다니며 놀았을 법한 종이 바람개비가 놓여 있었다.

이곳에서 책을 읽고 꿈을 꾸며 시간을 보낸 어린 시인을 상상하다가, 문득 내 어릴 적 기억이 떠올라서 웃음이 났다. 작은 손으로 종이학을 접었던 일. 그걸 천 개나 접었던 일. 접을 때마다 소원을 빈 일. 무슨 소원을 빌었더라? 잘 기억나지는 않는데 '○○을 갖게 해주세요'와 같이 단순한 소망이 아니었을까. 다른 누군가를 위한 기도는 아니었던 것 같다. 오로지 나만 생각하며 무언가를 빌었겠지.

우리는 뒤로 이어진 기념관 자료실로 걸음을 옮겼다. 그곳에는 아이들이 흥미를 느낄 만큼 재미있는 것들이 마련되어 있었고, 덕분에 미스즈의 시를 공감각적으로 감상할 수 있었다. 빛으로 쏜 시구를 냇물처럼 두 손으로 떠서 얼굴에 적셔보기도 하고, 텅 빈 의자에 앉아 누군가가 읊어주는 시인의 시에도 귀를 기울였다. 그리고 마침내, 미스즈 언니가 정갈하게 흘려 쓴 육필 원고를 만날 수 있었다. 글자들을 보니, 시인의 자취가 방울방울 고여 있는 영혼의 우물을 들여다보는 기분이었다. 영혼에 펜촉을 담갔다가 꺼내서 한 자 한 자 노트에 시구를 옮겨 적는 담담한 시인의 모습이 떠올랐고, 그의 쓸쓸했던 말년이 눈앞에 그려지는 듯했다.

아키타상회빌딩

우리는 차를 빌려서 70킬로미터 가량 떨어져 있는 시모노세키와 센자키를 오갔다. 시모노세키는 미스즈가 본격적으로 시를 쓰기 시작한 곳이자, 또 생을 마감한 항구 도시다. 1월의 바닷가답게 바람은 차게 불어왔지만, 하늘은 구름 한 점 없이 밝게 빛났다. 혼슈와 규슈를 잇는 간몬교가 푸른 세토해협에 키다리 신사처럼 우뚝 서서, 규슈에서 건너오는 자동차들을 맞이하고 있었다.

센자키에서 고등학교를 졸업한 데루는 시모노세키로 건너와서 인척이 운영하는 서점의 분점에서 일했다. 시인은 아침마다 도시락 가방을 메고 상점가에 있는 작은 분점으로 성실하게 출근했다고 한다. 그는 서가 사이에 앉아서 마음껏 책을 읽고 시도 쓰기 시작했는데, 그때는 마침 일본의 아동문학이 활짝 꽃 피는 시기였다. 데루는 '미스즈'라는 필명을 써서 여러 잡지에 시를 투고했다. 투고한 시가 연달아 잡지에 실리면서 '젊은 시인 중의 거성'이란 칭송을 받기도 했다. 그는 또래 시인들이 동경하는, 그야말로 별이 되었다.

우리는 시모노세키역 안내센터에서 지도를 받아 들고, '가네코 미스즈 오솔길'을 따라 걸었다. 그리 크지 않은 시내에는 미스즈가 일한 분점 터를 비롯하여 시인의 흔적이 곳곳에 남아 있었다. 그중 미스즈에 관한 상설 전시가 열리고 있는 아키타상회빌딩 안으로 들어갔다. 그곳에서 뜻밖에도 낡은 카메라 한 대를 만났다. '미요시 사진관'에 있었던 대형 필름 카메라였다.

미스즈는 시모노세키에서 한 남자와 정략결혼을 한다. 하지만 결혼 생활은 그다지 행복하지 않았다. 딸 후사에가 태어나면서 희망의 빛을 잠시 보았지만, 남편은 유곽을 드나들며 방탕한 생활을 멈추지 않았고, 심지어 미스즈의 창작 활동을 금지하기까지 했다. 몸과 마음이 크게 상한 미스즈는 그때까지 쓴 시를 노트에 정리하고 남편과 이혼하기로 마음을 먹었다. 하지만 남편은 후사에를 데려가겠다고 했고, 미스즈는 딸을 자신의 어머니에게 맡겨 달라는 유서를 남긴 채 생을 마감하기로 결심한다. 세상을 떠나기 전날 그가 사진을 남긴 곳이 미요시 사진 관이었고, 미스즈의 마지막 모습을 찍은 카메라가 바로 이 카메라였다.

사진 속 미스즈는 몹시 아픈 사람처럼 보인다. 볼과 입술이 부어 있고 머리도 부스스하게 흐트러져 있다. 하지만 카메라를 직시하는 눈빛만은 말할 수 없이 맑고 또렷하기만 하다. 내일 생을 마칠 결심을 한 사람의 눈빛이 어쩌면 이렇게 생기 넘칠 수 있을까? '당신에게 내 딸을 줄 수 없어요. 죽어서라도 딸의 영혼은 내가 지킬 거예요.' 시인의 눈빛에서 그의 영혼이 외치는 소리가 들려오는 듯해 나는 가슴이 미어졌다. 미스즈는 사진을 찍고 집으로 돌아와서 후사에를 목욕시킨 뒤, 목숨을 끊었다. 스물여섯 해라는 짧은 생이었다.

헨쇼지

가네코 미스즈는 반세기 이상 잊혔다가, 그의 시를 사랑하던 대학생 야자키 세츠오에 의해 기적적으로 다시 세상에 알려진다. 미스즈가 남긴 세 권의 시 노트는 『가네코 미스즈 전집』으로 출간되었고, 뒤이어 시선집, 그림책, 평전이 만들어졌다. 시는 지금까지 열한 개의 언어로 번역되었으며, 그의 극적인 생애를 다룬 드라마, 영화, 연극 등이 만들어지기도 했다.

시인의 시는 대단한 한두 사람에 의해 세상에 알려진 것이 아니다. 그저 나와 같은 평범한 사람들에 의해 알음알음 전해져왔다. 어떤 가수는 미스즈의 시에 멜로디를 붙여서 노래를 부르고, 어떤 산부인과 의사는 산모에게 시인의 시집을 축하 선물로 주고, 미스즈의 시를 좋아하는 사람들이 모임을 만들어서 함께 시를 읽었다. 시인의 시를 멀리 퍼뜨리려는 씨앗 배달부가 나만이 아니었다는 사실이 무척 놀라웠지만, 한편으로는 당연한 일일지도 모른다. 쓸쓸한 마음, 그럼에도 밝은 쪽으로 벋어 나가려는 마음이 우리 모두의 본성일 테니까. 그리고 그런 마음을 미스즈의 시에서 발견하고 감동하여 절로 더 많은 이들과 나누고 싶어진 것뿐이니까.

> 밝은 쪽으로 / 밝은 쪽으로. // 잎새 하나라도 / 해 비춰 드는 곳으로. // 덤불 속 그늘진 풀은. // 밝은 쪽으로/밝은 쪽으로.//날개는 타더라도 / 등불 있는 곳으로.//밤에 나는 벌레는.// 밝은 쪽으로 / 밝은 쪽으로. // 한 치라도 더 / 빛 내려오는 곳으로.// 도회지에 사는 아이들은.
> – 「밝은 쪽으로」[3]

시모노세키에서 삶을 마감한 시인은 고향 센자키에 묻혔다. 미스즈 기념관을 찾았던 날, 나는 가네코 미스즈가 잠들어 있는 작은 사찰 헨쇼지로 걸음을 옮겼다. 마침 그날 미스즈 기념관에 요다 준이치 님이 계셨다. 그는 야자키 세츠오와 함께 30여 년 동안 미스즈의 시를 알리기

[3] 「밝은 쪽으로」, 『하늘의 어머님 – 상』, pp.14-16

위해 노력해오신 분이다. 나는 그분께 남은 시화집 한 권을 건네 드릴 수 있었고, 그분은 사찰까지 우리를 안내해주셨다. 남편이 사다 준 국화 꽃다발을 손에 쥐고 절의 대문을 넘어서 살며시 안으로 들어갔는데,

아아, 미스즈의 묘가 환했다.

묘비 주변에 꽂혀 있는 꽃들은 싱싱했고, 어린아이의 솜씨처럼 보이는 알록달록한 그림이 그 앞에 놓여 있었다. 언니의 얼굴이었다. 눈이 보이지 않을 정도로 싱긋 웃으며 "코코다요(여기야)"라고 자기의 무덤 자리를 천진하게 알려주는 언니를 따라서, 나도 싱긋 웃고 말았다. 묘 앞에서 그저 쓸쓸하고 무거울 줄만 알았던 마음이 한결 가벼워지고 밝아졌다. 나는 눈을 감고 시인에게 감사 기도를 드렸다.

이렇게 아름다운 시를 남겨주셔서 감사합니다.

마지막까지 밝은 쪽으로 노래해주셔서 감사합니다.

저도 오래오래, 당신처럼

세상을 사랑하는 노래를 부르고 싶습니다.

*　*　*

시인의 고향에서 돌아온 뒤 몇 년이 다시 흘렀고, 나는 한 번 더 무지개를 만났다. 바로 이 글을 쓰려고 마음먹은 날이었다. 여우비가 흩뿌리는 포근한 낮에 언젠가 분명 본 것 같은 무지개가 하늘에 동실 떠 있었다. '빙긋 웃는 무지개? 아아, 또 언니구나' 그림 속 시인의 웃음을 꼭 닮은 어여쁜 무지개였다.

내가 사는 이곳, 제주의 작은 책방에서 미스즈의 시를 읽는 낭송회를 가진 적이 있다. 그곳에 온 사람들의 목소리에 실려 나오는 시인의 시는 또 다른 울림으로 나에게 다가왔다. 마치 내가 미스즈의 시로 조율되어 나다운 노래를 부를 수 있게 된 것처럼, 한 사람 한 사람이 세상의 온갖 소란에서 벗어나 본래의 목소리를 되찾고 조곤조곤 노래하는 것 같았다. 모두가 각자의 소리를 내는, 반짝반짝 빛나는 악기들이었다. 그렇게 아름다웠던 밤이 지나고 나는 집으로 돌아와서 시를 남겼다. 이 시가 누구보다도 하늘의 언니에게 가닿기를 빌면서.

1

'나는 내가 읽어야 할 한 권의 책'

달리와 어리의 책방으로 가는 길

가랑비 내리던 겨울

화단의 꽃은 목을 축이고

얌전한 바람

부드럽고 느린 파도

먼 길 오는

신발코조차 젖지 않게

그건 분명,

시인이 내려준 축복이었어

2

가네코 미스즈.

이름을 입에 담는 것만으로

호수 물 한 모금을 머금은 듯
투명하고 슬픈 이름

내 앞에
눈빛을 반짝이며 앉은 사람들
그 밤
아기새처럼 노래했지

시어머니가
처음 들려주신 목소리
시아버지도
잘 알고 있다 여겼던 그이까지
빛나는 악기가 되었어
자기다운 노래를 불렀어

3
가랑비 멎은 밤
쓸쓸하지 않은 밤

달빛 속에서 들려온

고요한 박수 소리

오하나 | 모두가 다르고 아름다울 수 있다는 것에 경이로움을 느끼며 살아간다. 지금은 제주에서 글을 쓰고 귤나무를 돌본다. 시집 『별사탕가게』 『아가풀과 노루별』, 산문집 『계절은 노래하듯이』를 쓰고, 그림책 『황금무늬고양이와 이쪽저쪽 세계』를 우리말로 옮겼다.
여행을 할 때 귀를 기울이는 걸 가장 좋아한다.

돌아보면
반딧불이 같은 추억일 거야

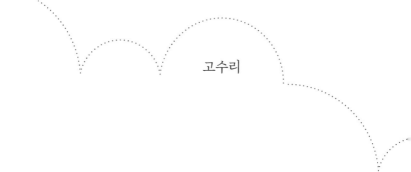

고수리

온몸으로 계절을 만지고 뒹굴며 뛰어놀기 좋은 숲으로 떠났다. 도시의 호캉스와는 정반대의 세계. 흙먼지 날리고 우둘투둘하고 어두컴컴하고 조금은 불친절한 세계. 그러나 단 하루, 숲속 우리 텐트에서만큼은 마음껏 자유로운 세계로.

조그맣게 반짝였다. 다시 숨죽이고 올려다보았을 땐 연약한 빛 하나가 보일락 말락 움직였다. 나는 속삭였다. "쉿 조용히. 반딧불이야." 나란히 누운 도연 서안 지안 그리고 나. 우리 넷은 가만히 반딧불이를 지켜보았다. 온몸으로 빛을 내는 반딧불이. 작고 작은 무해한 빛. 깜깜한 밤에 조그만 빛 하나 우리 곁을 맴도는 게 따스하게 느껴졌다. 반딧불이는 텐트 위를 한참이나 날아다니다가 사라졌다. 엄마, 반딧불이는 별빛 같으네. 우리 반딧불이멍 했어. 아이들 말에 웃었다. 어떤 빛은 가만히 지켜봐야만 보이지. 자려고 누웠다가 희귀한 빛을 함께 목격한 밤에, 지금이 추억이 되리란 걸 알았다. 가만히 돌아볼수록 작지만 따뜻하게 빛나는 추억. 정말로 그랬다. 숲으로 떠난 모든 밤에 우린 반딧불이 같은 추억을 발견했으니까.

숲은 도시보다 이르게 밤이 찾아왔다. 푸르게 밤이 잠길 즈음 텐트마다 하나둘 모닥불을 지피기 시작했다. 적당히 거리를 두고 앉아 불을 쬐며 대화를 나누는 캠퍼들. 밤에 온기가 돌았다. 커다란 나무 아래 반달처럼 떠 있는 우리 텐트 사진을 찍어 '오늘은 여기가 우리 집'이라고 메모해두었다. 지난 일 년간 떠났다 돌아온 캠핑이 무려 스물여덟 번이었다.

내가 캠퍼가 될 줄은 몰랐다. 나는 여행보다 산책을 좋아하는 사람, 낯선 데 머물다가도 언제라도 익숙한 자리로 돌아와야 안도했다. 누구나 유난한 구석 얼마쯤은 있을 테지만 나는 근사한 호텔을 불편해했다. 깨끗하고 매끄럽고 반짝이고 친절한 세계. 지불한 돈으로 서비스가 제공되는 세계. 어째선지 그런 곳엘 가면 몸도 마음도 편히 두지 못해 하룻밤 견디기가 힘들었다. 낡은 침대에 평범한 이부자리라도 내가 매일 눕던 자리에 파고들어가 솜이불을 턱 끝까지 끌어 덮어야 안심했다. 동그랗게 몸을 말고 잠을 청할 둥지 같은 보금자리면 충분했다.

복잡하고 시끄러운 도시 한가운데 살면서도 툭하면 숨어들어가 겨울잠 자고픈 곰 같은 사람에게 어느 날 앙글앙글 웃는 새끼곰 둘이 한꺼번에 찾아왔다. 둘이 뒤엉켜 데굴데굴 굴러다니며 놀다가, 갑자기 수도꼭지처럼 울다가, 또 불쑥 즐거워서 터져 나오는 웃음소리를 참지 못하는 아주 솔직하고 단순한, 그래서 치명적으로 귀여운 존재들. 서안 지안을 만나고 내 일상은 완전히 달라졌다. 언제 어디서 어떻게 얼마나 재밌게 놀까가 어린이들에겐 막중한 임무였으므로. 온몸으로 계절을 만지고 뒹굴며 뛰어놀기 좋은 숲으로 떠났다. 도시의 호캉스와는 정반대의 세계. 흙먼지 날리고 우둘투둘하고 어두컴컴하고 조금은 불친절한 세계. 그러나 단 하루, 숲속 우리 텐트에서만큼은 마음껏 자유로운 세계로.

우리에게 캠핑은 새로운 여행이라기보단 반복되는 일상의 연장이었다. 삼시세끼 지어먹는 평범한 일과를 주말엔 숲으로 가져갔다. 우리 집을 작게 접어 자동차에 이고 지고 떠나선 땅 한 뙈기에 꾸려보는 주말의 일상이랄까. 하룻밤 숲속에서 살며 노동과 고생과 낭만의 경험치를 쌓아보는 일이 내게는 작은 인생처럼 느껴졌다. 주말이면 한 뙈기 땅에서 하루치 인생을 살아보았다. 온몸을 움직여 열심히 일하고 먹고 자고 놀다가 다시 제자리로 돌아왔을 땐, 어쩐지 잘 살아본 것 같은 뿌듯함이 차올랐다.

　첫 캠핑을 기억한다. 초여름께 홍천 숲속 캠핑장이었다. 자동차 트렁크에 테트리스처럼 짐을 쌓고 좌석 사이 심지어 발치까지 이불과 옷짐과 식량들을 구겨 싣고선 구불구불한 산길을 덜커덩거리며 도착했다. 커다란 밤나무가 드리워진 우리 구역에 처음으로 텐트를 쳐봤다. 도연과 목장갑을 끼고서 우리 키를 훌쩍 넘는 폴대를 세우고 망치로 쾅쾅 팩을 박아 바닥에 고정했다. 그늘이 될 타프와 잠잘 텐트를 치는 데만 꼬박 두 시간이 걸렸다. 텐트만 친다고 끝인가. 살림살이 정리는 그제야 시작이었다. 이틀간 생활할 테이블과 의자를 조립하고 먹고 잘 짐 정리를 하는 데만 오후를 다 보냈다. 그 사이 우다다다 뛰어다니는 아이들과 짬짬이 놀다가, 돕겠다고 와선 엉망으로 만드는 귀여운 손길들 재차 정리하느라고 바빴다. 시간이 휘 지나갔다. 정리를 마치고 의자에 앉아 좀 쉴까 했더니 저녁 지어 먹을 시간이었다. 식기와 준비해온 재료들 꺼내 씻고 손질하고 바비큐를 구워 먹었다. 다들 배고팠는지 고기가 익는 족족 냠냠 꿀떡 깨끗이도 비웠다. 부지런히 집 짓고 짐 풀고 밥 지어 먹는 사이에 벌써 밤이 와버렸다.

자동차도 사람도 불빛도 얼마 없는 숲속 캠핑장은 금세 캄캄해졌다. 더위는 한풀 꺾였고 습습한 풀 내음 뒤섞인 바람이 불자 제법 쌀쌀해졌다. 따뜻한 기운이 필요해. 우리는 가장자리에 모닥불을 피웠다. 타닥타닥 마른 장작이 소리를 내며 타오르는 불가에 둘러앉았다. 아이들이랑 주워 온 나뭇가지에 마시멜로를 꽂아 구웠다. 깜

빡하면 타버리니까 은근한 불기에 서서히 익기를 기다려야 해. 나뭇가지를 들고선 멍하니 지켜보았다. 일렁이는 불멍, 부풀어 오르는 마시멜로멍. 노르스름 통통해진 마시멜로를 크래커로 감쌌다. "얘들아, 이게 스모어 쿠키래. 외국 사람들은 캠핑 가면 꼭 이걸 만들어 먹는다더라." 와그작 베어 물자 주우욱 늘어나는 마시멜로를 날름 핥으며 "맛있다!" 아이들이 웃었다.

모닥불의 따스한 기운에 몸과 마음이 노곤하게 늘어졌다. 우리도 마시멜로처럼 말랑하게 녹아내렸다. 크래커에 눌어붙은 마시멜로처럼 의자에 늘어져선 아무것도 하지 않았다. 불이 사그라질 즈음에 장작 두어 개 넣어주며. "불꽃이 별빛 같아." 훌훌 날아오르는 불티를 보며 서안이 말했다. "밤하늘이 엄마 책 '달빛에도 걸을 수 있다' 같아." 지안을 따라 올려다본 하늘엔 동그란 달이 떠 있었다. 그러게. 별빛도 달빛도 다들 여기 있었네. 캠핑 와서 처음 누리는 여유였다. 스모어 쿠키를 잔뜩 먹은 아이들을 품에 안았다. 숲과 흙, 장작과 설탕이 뒤섞인 달짝지근한 냄새가 났다. 마침 틀어둔 플레이리스트

에선 아녜 브룬의 「Make you feel my love」가 흘러나왔
다. 피곤하고 배부르고 나른하고 달콤하고 평온했다. 모
닥불을 쬐며 아이들 등을 도닥거리며.

When the evening shadows and the stars appear

땅거미 지고 별은 떠오르는데

And there is no one there to dry your tears

아무도 네 눈물 닦아주지 않을 때

Oh, I hold you for a million years

내가 널 백만 년 동안 안아줄게

To make you feel my love

내 사랑을 느낄 수 있도록

초여름 밤, 조용한 숲. 아이들을 품에 안고 모닥불 쬐
며 자장자장 밤을 재우며. 나는 사랑을 느꼈다. 괜찮을
거야. 다 괜찮을 거야. 품에 아이들도 곁에 도연도 우리
가 안겨 있는 밤과 숲, 달과 모닥불, 흙과 바람, 아름드리
밤나무와 조그만 풀벌레까지도. 지금 온몸으로 느끼는

이 작은 세계를 나는 사랑하고 있었다. 행복했다. 사랑하니까 행복해졌다. 행복은 껴안고서 함께 모닥불을 쬐는 일. 이다지도 사소하고 따스했다. 간소해서 완전한 행복이 여기 있었다. 무엇 하나 바라지 않는데도 품과 손길과 온기와 자연과 사랑이 우리를 겹겹이 감싸 안아주었다.

　잠든 아이들 텐트에 눕히고 도연과 나는 장작을 마저 태우며 눅눅해진 맥주를 마셨다. 모닥불마저 사그라져 사위가 어두워지자 비로소 별이 보였다. 의자를 젖혀 하늘을 올려다보았다. 가만히 지켜볼수록 가까이 빛나는 별들. 마치 백만 년 전 별빛이 여기까지 날아와 우릴 안아주는 기분이 들었다. 별 봐. 꿈꾸는 거 같다. 참 이상한 하루였어. 엄청나게 피곤하고 힘든데 몽롱하니 기분 좋은걸. 노트북에 두고 온 걱정들이 아무것도 아닌 것처럼 느껴져. 지금 몇 신지도 모르겠어. 시계도 휴대폰도 안 보게 되더라. 이상하지. 아무것도 하지 않아도 괜찮다니. 졸음이 몰려왔다. 텐트로 들어가 물을 들이부은 듯 축축하고 딱딱한 바닥에 침낭을 펴고 누웠다. 누운 자리가 불편하고 온몸이 두들겨 맞은 듯 아파서 웃음이 터져 나왔다. "오빠, 좋은지 안 좋은지 잘 모르겠는데 오늘이 두고 두고 기억날 거 같아. 그럼 좋은 건가?" "틀림없이 좋은 거지." 우리는 딱딱한 바닥에 어깨를 부딪치며 웃었다.

깊은 밤. 가족들은 잠들었지만 나는 잠들지 못했다. 잊고 살았다. 자연은 시끄러운 소리로 가득하다는 걸. 밤새 계곡물 콰르르르 흐르고 풀벌레 초로초로 울었다. 개구리들 와글와글 요란하고 들고양이들 우다다다 뛰어다니고 산짐승들 워우우우 울었다. 세상의 모든 기척을 예민하게 느끼며 잠들지 못했다. 밤의 숲은 시끄럽고 축축했다. 쪼그려 자다 깨다 아이들 이불 끌어올려주며 밤을 보냈다.

치르치르 새소리에 눈을 떴다. 고엄마 잠꾸러기네. 서안 지안이 나를 내려다보고 있었다. 초여름 밤의 꿈이었나. 햇살 쨍쨍하고 바람 산들대니 아침의 숲은 새초롬했다. 간밤엔 아무 일 없었던 것처럼 간단히 아침을 챙겨 먹고 다시 짐을 꾸렸다. 텐트를 접고 아무도 없었던 자리처럼 말끔하게 흔적을 지웠다. 우리가 살았던 흔적은 냄새로 남았다. 온 짐과 온몸 구석구석 모닥불 냄새가 났다. 숲 냄새 같기도 흙냄새 같기도 했다. 어쩌면 초여름 밤 냄새일까. 아이들 목덜미와 머리칼에도 밴 그 냄새가 좋아서, 퉁퉁한 그 냄새가 함께 보낸 시간의 냄새인가 싶어서, 나는 아이들 품에 코를 박고 한참 껴안고 있었다. 힘들 걸 알면서도 또다시 떠나고 싶을 거란 생각을 했다. 그건 어쩐지 인생을 닮았네.

정말이지 캠핑은 작은 인생 같았다. 떠난 모든 밤이 첫날 밤만 같다면 좋았을 테지만, 반절은 우중 캠핑이었다. 호우경보가 내린 한여름 캠핑에선 밤새 천둥번개를 동반한 폭우를 고스란히 맞았다. 텐트 안까지 들이닥치는 비바람에 홀딱 젖어선 곱절로 무거워진 텐트를 가까스로 접어 철수해야 했다. 집에 가져가 젖은 텐트를 꺼내자 빗물이 주르르 쏟아졌다. 한여름에 보일러 절절 때며 방바닥에 젖은 텐트 모조리 펼쳐서 일일이 손으로 닦고 말려서 다시 떠났다.

한파경보가 내린 한겨울 혹한기 캠핑에선 꽁꽁 언 강

에서 얼음 썰매를 타고 노는 호사를 누렸다. 그러나 밤새 체감온도 20도 맹추위를 견뎌야 했다. 냉동고에서처럼 얼어버린 맥주를 따르자 살얼음 동동 뜬 슬러시 맥주가 나왔다. 외투에 침낭까지 껴입고서 오들오들 떨며 맥주를 마셨다. 내내 난로를 피웠는데도 밤새 추위에 떨어야 했다. 아침이 되었지만 실내 온도는 겨우 5도. 하얀 입김이 새어 나왔다. 텐트마저 얼어붙어서 살얼음이 후두둑 눈처럼 떨어지는 텐트를 눈밭에서 접고 돌아왔다가 온 가족이 감기를 앓았다.

초봄에 서해 소나무숲으로 떠났던 스무 번째 캠핑은 또 어땠는지. 삼월의 비바람이 열렬히 환영해줬다. 해녀였던 울 할머니가 바다는 겨울바람보다 봄바람이 더 추운 법이라 삼월바람 불면 너무 미워서 솔짝솔짝 울었댔는데. 갯벌 바다도 그랬다. 밤새 우중캠핑에 강풍경보까지 들이닥치자 풀썩 무너지는 텐트를 온몸으로 버텨 접으며 우리는 솔짝솔짝 콧물로 울었다. 거친 해풍에 소나무숲도 소사사사 울어줬다.

아무렴, 한 고비 두 고비 떠나보아도 궂은날이 훨씬 많았다. 흐린 밤엔 구름이 달까지 가려서 그야말로 칠흑 같은 밤이 찾아왔다. 기온이 뚝 떨어져 밤새 추위를 견뎌야 했다. 춥고 어두운 밤. 그런 밤엔 침낭에 애벌레처럼 기어들어가 넷이서 똘똘 뭉쳐 서로의 온기에 기대어 잤다. 올려다본 하늘엔 아무것도 반짝이지 않았지만 나는 반짝이는 마음 하나를 쏘아 올렸다. 우리가 그저 안녕하기를. 어쨌든 긴 밤이 지나면 아침이 찾아올 테니까. 그걸 아니까 고생 끝엔 웃어버리기. 동그란 얼굴들 마주 보고 푸하하 웃어버리고 나면 정말로 다 괜찮아졌다. 고생담이 모험담이 되는 한 끗 차이는 결국 웃음이란 걸. 어쩌면 인생도 그렇지 않을까. 고생스러워도 다 같이 이고 지고 떠나는 이유를 잠드는 밤과 깨어나는 아침마다 깨닫는다. 새 아침이 쨍쨍하다면 해처럼 기쁠 일이다.

한파경보가 내린 혹한기 캠핑에서였다. 다녀와선 온 가족이 감기를 앓았던 그 캠핑. 그날은 크리스마스였다. 조촐한 크리스마스 파티를 마치고 자기 전에 다 같이 씻으러 텐트 밖을 나섰다. 으 추워라. 손발 머리까지 꽁꽁 싸매고 껴입었는데도 한기가 스몄다. 눈이 발목께까지 쌓여서 사람들이 걸으며 만들어둔 발자국이 길이 되었다. 천천히 발자국 하나씩 발맘발맘 꿰어 걸었다. 서안과 도연이 앞서 걷고 지안과 내가 뒤따랐다. "엄마, 하늘에 별!" 지안이 소리쳤다. 하늘을 올려다보았다. 총총히 별이 가득했다. 무슨 별이 꽃피듯 흐드러지게도 피었담. 이렇게 많은 별은 처음이라 후 불면 별 무리가 와르르 싸락눈처럼 쏟아질 것 같았다. 별들도 우릴 볼 수 있느냐고 지안이 물었다. 아마도. 우리가 아주아주 조그맣게 보이겠지. 그러자 지안이 말했다.

"별들은 우릴 조용히 잘 봐야겠네. 우린 반딧불이 같으니까."

지안은 반딧불이를 기억하고 있었다. 어떤 빛은 가만히 지켜봐야만 보이지. 우린 반딧불이 같아서 흰 눈밭 위에 아주 조그맣게 빛나겠지. 예쁘겠다. 참 기특하겠다. 너무 추워선지 너무 좋아선지 코끝이 찡해졌다.

"기억해줘. 엄마랑 손잡고 별 본 밤 기억해줘."

응. 정말이야? 응. 기억할 거지? 응이라니까. 새끼손가락 걸고 약속했던 밤. 별 무리가 우릴 지켜보고 있었다. 너는 엄마가 어떤 마음인지 모르겠지. 네가 잠들면 머리맡에 산타클로스 선물을 놓아둘 비밀도 너는 모를 거야. 영영 모를 거야. 그래도 괜찮아. 우린 조그맣게 행복했었거든. 자꾸만 떠나는 이유를 묻는다면 그날 밤을 열어 우리를 보여주고 싶다. 가만히 돌아볼수록 반짝이는 추억 하나. 작고 작은 따뜻한 빛 하나 볼 수 있다면 그걸로 충분해. 하나둘 우리들의 이야깃거리가 쌓여간다. 훗날 돌아보면 반딧불이 같은 추억일 거야.

고수리 | 작가. 일곱 살 쌍둥이 형제의 엄마. 육아하고, 살림하고, 읽고, 쓰고, 가르치는 생활을 날마다 한다. 주말엔 가족들과 숲으로 떠난다. 에세이 『마음 쓰는 밤』 『고등어 : 엄마를 생각하면 마음이 바다처럼 짰다』 『우리는 달빛에도 걸을 수 있다』 등을 썼다.
여행을 할 때, 산책하는 걸 가장 좋아한다.

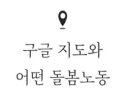

구글 지도와
어떤 돌봄노동

서해인

궁금증을 궁금한 상태로 두지 않는다.

검색 가능성을 조금도 의심하지 않는 태도.

원하는 답변을 얻지 못할 때는 검색어를 조금만 구체적

으로 바꾸어보면 결국 궁금증이 깔끔하게 해소되리라는

믿음.

떠나기 전에 아무리 준비를 완벽하게 갖춘 여행자라 할지라도 '관광용 날씨'까지 준비할 수는 없다. 국가마다 기상청 종사자들이 있지만, 확률 게임에서 인간의 예측은 보기 좋게 어긋나곤 한다. 그래도 여행자로서는 몇 시간 후, 며칠 후의 날씨를 확인하지 않을 수 없는 노릇이다. 비가 올 확률이 70퍼센트인지, 그럼 몇 시 즈음부터 잦아들 예정인 건지, 두 도시에 있는 듯 낮과 밤의 일교차는 극심하지 않은지 같은 것들을 말이다.

그러고 보면 내가 날씨에 유난히 관심을 가지게 된 건

측우기의 존재를 알게 되면서부터였다. 빗물을 담아 비의 양을 측정하기 위해 조선시대에 발명된 그것은 돌로 된 네모난 받침대에 원통형의 쇠를 올려두었는데 그 생김새가 꼭 한자 '볼록할 철(凸)'을 닮았다. 초등학생 시절 나는 공책의 귀퉁이에 심심할 때마다 이 한자를 적어 내려갔는데 친구가 다가와 누구한테 욕하는 거냐고 물어보면 꼭 이런 말을 덧붙였다.

"이거 욕 아니야, 측우기야."

* * *

파리는 무척 날이 맑았다. 한강보다 좁아 보이는 센강의 폭을 눈으로 견주어 보면서 파리의 이곳저곳을 거닐었다. 낮게 깔린 수많은 구름 위로 탁 트인 파리 하늘을 담은 사진 한 장이 메신저로 날아왔다. 일기예보에 따르면 내일의 날씨도 맑을 것이라고 했다. 그리고 남은 일정과 컨디션을 고려했을 때 내일이 몽마르트 언덕을 방문하기에 적기인 것 같다고 했다. 메신저로 그 말을 듣자마자 나는 몽마르트 언덕 주변 파리 18구 부근에 있으며 현지 시각 기준으로 내일 휴무가 아닌 식당 몇 군데를 구글 지도에 저장했다. 문어 요리를 잘 내어준다는 F식당과 달팽이 요리가 유명하다는 L식당, 가벼운 식사를 원할 경우를 대비한다면 크레이프를 파는 B식당 정도가 눈에 띄었다. 게다가 B식당에서는 프랑스어 메뉴판뿐 아니라 영어 메뉴판도 제공된다고 했다. 나는 별을 추가해두었다고 메신저로 답했다.

나는 파리에 있지 않았다. 메시지를 받은 상대는 이제 막 둘만의 유럽 여행을 시작한 엄마와 아빠였다. 그동안 우리는 따로 또 같이 해외여행을 다녔는데 늘 내가 전반적인 계획을 담당했다. 나는 여행사로 인수합병된 여행 콘텐츠 스타트업에서 인턴을 한 탓에 온라인상에서 진짜 후기와 가짜 후기를 구분할 줄 아는 눈을 가지고 있었다.

당시 내가 했던 일은 방금 여행을 다녀온 척하면서 후기 쓰기였다. 후기 콘텐츠를 대량 생산할 때 본문에 포함하길 요청받은 필수 키워드 중에는 '환상적인 뷰'라는 표현이 있었다. 그도 그럴 것이 여행자들은 방에 딸린 화장

실의 수압이 약해도, 방음이 잘 안 되는 탓에 궁금하지 않았던 옆방 관광객들의 귀가 시간을 알게 되었다고 해도, 머무르는 동안 창문 바깥으로 펼쳐진 전망이 좋으면 별 반 개를 더 얹어주기도 한다. 그러나 뷰가 좋지 않은 데에 터를 잡은 숙소라면 이런저런 아쉬운 점을 너그럽게 넘어가주기가 쉽지 않다.

'한국인만 알아볼 수 있는 숙소 리뷰'라는 SNS에서 볼 수 있는 유머가 있다. 별점으로는 5점 만점 중 적당히 3~4점 사이를 주는데, [위치는 가격 대비 좋은 숙소입니다]라고 시작한 후기가 뒤로 갈수록 '다만 깟빼뜨랑 이뿔이 뜨럽거 므리커럭이 케쏙 나와쇼 우뤼갸 청쏘쌔로 다혀뚜여'로 이어지는 식이다. 된소리로 쓰이거나 띄어쓰기를 파괴하는 문장을 완성하는 이는 호스트가 자신의 후기를 번역기로 돌려보고 "우리 숙소에는 아무 문제가 없는데 네가 우리의 평판을 떨어뜨렸어!"라며 혹여나 국제 소송을 걸어버릴 여지를 방지하고자 한다. 덧붙여, (아마도) 다녀온 척하는 사람들이 숙박 후기 페이지에서 호평 일색을 부려놓은 숙소가 가진 치명적인 단점을 특별히 모국어를 공유하는 예비 관광객들에게 알린다.

여행을 떠나기 전에 말이 많은 사람들의 여행담을 보면서 어딜 가면 좋을지 더하고 빼는 시간을 일상에 포함시킬 수 있다는 점을 좋아한다. 별점과 후기, 비용 정산 내역과 현지인을 통해 알게 된 팁, 메뉴 사진과 메뉴판 사진, 그 모든 것들을 참고하면서 나는 여행하지 않는 시간을 보낸다. 그런가 하면 지금 파리를 거닐고 있는 두 사람은 평일 저녁마다 EBS「세계테마기행」을, 토요일 아침마다 KBS1「걸어서 세계속으로」를 챙겨보는 충실한 시청자다. 그런 교양 프로그램들에서는 유럽의 랜드마크부터 골목까지 수없이 변주되어 등장하기 때문인지 그들은 내가 보기에 은근히 유럽에 대해 아는 게 많았다. 다가오는 일정에 피렌체를 포함한 여행을 떠나기 하루 전날 그들은 실시간으로 방영 중인 tvN「텐트 밖은 유럽」을 보고 있었는데, 마침 출연자들이 피렌체에 있다며 신기해했다.

나는 나대로 계획 세우기를 즐겼지만 두 사람도 나름대로 정보를 모으는 성향이 있었다. 그 결과, 우리는 한

번도 패키지여행을 다닌 적이 없었다. 두 사람은 첫 유럽 여행도 패키지 없이 가기로 했다. 그들은 이번만큼은 조금 걱정하는 듯했지만 옆에서 괜찮을 거라고 부추겼다. 이는 둘만의 일이 아니라 나까지 세 사람의 일이었다.

그들이 떠나기 전부터 나는 틈나는 대로 구글 지도에 별을 추가했다. 두 사람이 도시 세 곳에서 머무를 숙소와 공항 또는 기차역을 추가했고 미술관, 건축물, 공원, 그리고 이런저런 가게들을 더하다 보니 50가지 남짓한 별이 모였다. 이렇게 구글 지도에 별을 찍어두면 숙소 주변의 가볼 만한 곳을 한눈에 볼 수 있다. 또한 실제로 여행이 시작되었을 때는 그날의 일정을 마치고 구글 지도에 들어가 현재 머무르고 있는 동네에서 호기심이 생기는 장소에 별을 찍어두었다가 내일의 방문을 기약할 수도 있다.

나는 두 사람이 언제 이 도시에서 저 도시로 가는지 정도로 대략의 일정을 알고 있었던지라 그들이 떠난 후에도 틈틈이 구글 지도에 새로운 별을 추가했다. 여행을 위한 커뮤니케이션이 구글 지도를 통해 원격으로 이루어진 것이었다. 장소에 대한 정보를 하나하나 설명하지는 않았는데 그들이 언제든 지도를 살펴보고 자유롭게 결정하기를 바랐다.

그러니까, 이 모든 건 두 사람이 소지 중인 총 네 가지의 전자기기(엄마와 아빠 각각의 스마트폰, 아빠의 아이패드, 아빠의 노트북)를 통해 우리가 언제 어디서든 같은 지도에 접속할 수 있기 때문에 가능했다. 같은 구글 계정으로 세 사람이 로그인하면 같은 지도를 볼 수 있다. 물론 자녀를 둔 실버 세대의 모든 부모가 전자기기를 자녀 세대의 속도로 수많은 페이지를 넘나들면서 활용하기란 쉽지 않을 것이다. 나 역시 그들이 떠나기 전에 구글 지도로 최단 거리 경로 보는 법을 알려주면서, 조금이라도 굼뜨게 느껴지는 그들의 움직임을 기다려주지 못한 적이 있었다. 아빠의 주요 정체성 중 하나는 10년 차 블로거이고, 엄마 또한 최근 릴스로 동물 및 유머 영상을 보는 데에 중독된 인스타그래머여서, 그들이 전자기기를 활용하는 속도가 동일 연령대 대비 상대적으로 빠르다는 걸 머리로 알면서도 그랬다.

아즈마 히로키는 『약한 연결』에서 "가족과 함께 비경에 갈 수 있다면 그런 곳은 비경이 아니라는 사람"을 향해 "히치하이크로 이동하고 유스호스텔에 묵는 여행은 그 자체가 젊고 건강한 독신 남성을 기준으로 한 여행 스타일이다"라면서 여행의 기준을 편협하게 잡는 일부 관광객을 지적한 적이 있다. 아즈마 히로키 식으로 말하자면, 나는 디지털 친화적인 젊은 세대를 기준으로 한 여행 스타일을 실버 세대의 여행자들에게 제안한 것인지도 모른다. 물론 내가 아무리 누군가의 변수를 덜어주기 위해 원격으로 움직인다고 해도 여행자들이 맞닥뜨리게 되는 우연한 순간들이 있을지 모른다. 또는 그들이 나와 달리 일상이 아닌 곳에서 우연히 발생하는 이벤트를 기쁘게 받아들이는 사람들일 수도 있다.

하지만 그렇지 않다고 해보자. 실제로 이번 여행을 준비하면서 내가 머릿속에 가장 많이 떠올린 단어는 '매끄러움'이었다. 이것은 이 시대가 운명 지어준 여행을 구성하는 어떤 일부다. 나와 동년배들은 궁금한 게 생기면 주저 없이 검색해볼 수 있으리라는 사실을 전제하기 때문에, 처음 가보는 곳으로 가기 전부터 일말의 불안함을 덜 수 있다. 숙소에 문제가 생겼을 때는 어떤 통로로 연락을 취하는 게 나은지, 저녁을 먹으러 온 가게에서 가장 잘 팔리는 메뉴가 무엇인지, 어느 도시를 떠나기 직전에 들어선 기념품 가게 앞에서 이 지역만의 특산품은 무엇인지 같은 것들을 인터넷이 연결되어 있는 한 검색해서 찾아본다.

궁금증을 궁금한 상태로 두지 않는다.

검색 가능성을 조금도 의심하지 않는 태도.

원하는 답변을 얻지 못할 때는 검색어를 조금만 구체적으로 바꾸어보면 결국 궁금증이 깔끔하게 해소되리라는 믿음.

평소에 변수 앞에서 스트레스를 받는 편이라 말하는 이들도 결국 스스로 돌발 상황을 그럭저럭 대응해나간다. 현지인이 아닌 사람들에게 믿을 만한 건 인터넷뿐이며 그것은 구글로 대표되는 검색 엔진이다.

＊＊＊

  걷고 또 걷고, 길을 헤매고, 골목을 가볍게 우회했지만 아까 지나친 거리로 다시 돌아온 일까지 크게 개의치 않게 될 때의 즐거움이 있다. 특히 여행 중에는 가야 할 목적지가 있더라도 그곳에 닿기 위한 경로가 현장에서 얼마든지 수정될 수 있다. 여행자는 A지점부터 B지점까지 걸어서 갈 가능성, 자전거 페달을 밟고 갈 가능성, 대중교통(버스, 지하철, 트램 등등)을 타고 이동할 가능성, 택시를 잡아탈 가능성을 모두 가지고 있다. 두 사람은 파리, 피렌체, 로마에서 각각 세 곳의 숙소에 머물 예정이었는데, 나는 그들이 떠나기 전에 역부터 숙소까지 걸을 때 걸리는 시간과 택시를 탈 때의 소요 시간을 함께 정리해서 전달했다. 웬만해서는 일상에서 택시를 타지 않는 편이라고 해도 여행지에서는 그들의 체력이 소모되는 시간이 빠를 수 있으므로 택시 옵션을 고려해두는 게 좋겠다 싶었다.

  보아하니 체력에는 전혀 문제가 없는 듯했다. 두 사람

은 유럽에 도착해 짐을 풀고 난 이튿날부터 26,805보를, 그다음 날에는 25,235보를 걸었다며 걷기 기록이 담긴 스마트폰 건강 앱을 캡처해서 보내주었다. 언젠가의 나도 하루에 40,115보를 걸어본 적이 있다. 꼭 와보고 싶었던 도시는 보행자를 위한 길 정비가 잘 되어 있어서 하루 종일 즐겁게 걸어 다녔으나 후폭풍이 거셌다. 다음 날 또 특별한 목적지 없이 이곳저곳을 걸어보려는데 다리에 힘이 풀려서 아스팔트 바닥에 오른쪽 뺨을 찧고 말았던 거다. 나는 대지에 닿은 발바닥의 감각이 아니라 부어오른 뺨의 감각으로 어느 여행을 기억한다.

그나저나 멀리 가는 것과 빨리 가는 것 둘 중 내가 원하는 건 무엇일까. 구글 지도를 너무 오래 들여다보고 있으니 드는 의문이었다. 실은 잘 모르겠다. 세상은 혼자 가면 빨리 갈 수 있고 함께 가면 멀리 가게 된다고들 하는데, 나는 계속 어디론가 가던 중에 더 빨리 가려고 바로 내 앞쪽으로 새치기하는 사람들을 보면서 '뭐 저렇게까지 빨리 가고 싶을까?' 하고 궁금해하는 편이다. 그 사람도, 나도 그렇게 멀리까지 나아가지는 못할 것이다. 그렇다면 중요한 건 함께 가느냐 마느냐의 기로에서 어떤 선택을 내리는가에 있는 게 아닐까? 내게는 좋은 기억으로 남아 있는 팀워크가 많지 않지만, 내가 이 팀의 일원임을 속으로 조용히 감탄할 수 있었던 시절이 분명히 있었다. 삐걱거리는 단체생활 속에서도 크게 절망하지 않고 기꺼이 다음에 만나게 되는 팀의 일부가 되어보려는 건 나라는 사람이 가진 얼마 안 되는 무난한 기질 중 하나다. 모두 그때의 기억 덕분일 것이다.

***

한편, 부모의 여행은 집에 있는 나에게도 전례 없던 일상을 안겨줬다. 2주 정도의 기간 동안 동생과 단둘이 지내는 건 처음이었다. 우리는 소위 '효도 관광'을 보낸 자녀들이 아니었고 기혼자들이 아니었으며 성별이 다른 캥거루들일 따름이었다. 4인 가구가 1994년도부터 살고 있는 오래된 아파트는 동생과 나에게는 다소 넓게 느껴졌다. 사실 두 사람은 이 여행을 떠나기 직전까지 남겨진 동생보다는 빠릿빠릿하게 동생을 챙겨주지 못할까 봐 오히려 나를 걱정하는 눈치였다. 애초에 내가 집에 상주하며 일하는 프리랜서가 아니었다면 두 사람은 이 여행을 끝까지 망설였을지도 모른다. 30대 비혼 여성인 나에게 있어 돌봄노동은 높은 확률로 도래할 미래의 모습일 텐데 가만히 생각해보니 그랬다. 그때까지만 해도 나는 다른 누군가를 돌본 적이 없었다.

30대 발달장애인 남성인 나의 동생은 손이 많이 가는 편은 아니었지만 '아무의 손이 가지 않았을 때' 무슨 일이 벌어지는지 그 가능성을 시험해볼 수는 없는 사람이었다. 그가 하루를 시작하고 마치는 루틴은 거의 정확했다. 아침 9시에 눈을 뜨고 자정에 잤다. 그는 하루에 세 시간씩 주 5일 장애인을 의무적으로 고용하는 한 카페의 카운터에서 일했다. 그리고 고저 없는 그의 일상에는 중간중간 다른 가족 구성원들의 개입이 필요했다. 나는 매일 아침 8시에 일어나 출근하는 동생의 아침을 차려주었고, 동생이 집을 빠져나가고 나서는 빨래를 돌리고 청소하고 설거지를 하는 등 하나하나 나열하기도 새삼스러운 가사노동을 했다. 그사이 노트북으로 할 일을 하고, 화상 회의 같은 것들을 처리했다. 그리고 두 번의 주말을 맞이해 가사노동의 역할 분배를 시도했다. 쓰레기를 버리고 오라거나, 화분에 물을 주라거나, 간단한 심부름을 시켰고 그는 군말 없이 잘 따라주었다.

엄밀히 말해서 동생을 위한 돌봄노동의 강도는 내 예상보다는 세지 않았다. 그의 손톱과 발톱을 깎아주고, 풀려버린 운동화 신발 끈을 매주어야 했지만, 그런 것쯤은 괜찮았다. 혼자서 하지 못하는 일이 무엇인지는 정말 그가 혼자서 그 일을 하지 못한다는 걸 발견할 때만 알아차릴 수 있었는데, 그런 것들을 조금만 거들어주면 동생은 내 예상보다 훨씬 더 자기 몫을 잘 해내는 사람이었다.

네 사람 중 두 사람의 매끄러운 여행을 준비했던 나는 동시에 한 사람의 일상을 매끄럽게 보조하고자 애썼다. 앞으로 몇 번의 여행이 더 남아 있는지 모른다. 그러나, 떠나지 않음으로써 어렴풋이 상상하곤 했던 미래 체험판의 무료 버전을 이용해보았던 그 여행을 쉽게 잊을 수는 없을 것이다.

서해인 | 뉴스레터 「콘텐츠 로그」 발행인. 즉흥적으로 떠나는 일은 드물다. 연중 300일 정도는 이 다음 여행을 구상하고 있다. 에세이 『콘텐츠 만드는 마음』 『책에 대한 책에 대한 책』(공저)을 썼다.
여행을 할 때, 디지털 디톡스에 실패해도 스스로를 지나치게 탓하지 않는 자신을 가장 좋아한다.

아무도 나를 모르는 곳으로

봉현

쿠바에서의 시간은 자유롭고 단순했다. 실시간으로 사진을 올릴 필요도, 사람들에게 자랑할 필요도, 지금 어디인지 뭘 하고 있는지 알릴 필요가, 아니 방법 자체가 없으니 모든 걸 내려놓았다. 그제야 여행의 순간만을 온전히 느낄 수 있었다.

'아무도 나를 모르는 곳, 그리고 동시에 나 또한 아무도 모르는 곳으로.'

낯선 여행지, 낯선 사람들 사이에서 배낭을 메고 혼자 걸을 때 느껴지는 짜릿한 감정, 바로 해방감이다. 그 누구와도 연결되지 않아 나를 증명할 필요가 없는, 여기 머물렀다는 흔적도 없이 훌쩍 사라져버릴 수 있는 이방인의 자격. 자유롭고, 단순하고, 선명해진다. 온전히 나 하나뿐이다. 이름 모를 거리의 어느 테이블에 멍하니 앉아 있노라면 숨통이 트인다.

　여기에는 나를 아는 사람이 아무도 없고, 나도 아무도 필요 없어.
　그러니 여기서 뭐든 해도 되겠지만, 무엇보다 아무것도 안 해도 돼.
　아무것도.

　봉현(본명이다). 내 이름 두 자를 내걸고 글을 쓰고 그림을 그리는 프리랜서 창작자로 10년을 넘게 살았다. 처음엔 연인, 친구들과의 추억을 기록하던 SNS는 작가 생활의 공식 소통 창구, 포트폴리오, 업무 홍보처가 되었다. 팔로워 분들이 보기에 불편하지 않도록 단어도 말도 고르고 정리하고, 나라는 사람을 잊어버리지 않도록 주기적으로 소식을 업로드하고, 일한 것의 결과와 일할 것의 계획들을 정리하고 기록한다. 그렇게 해야만, 계속 이 직업으로 먹고살 수 있다.
　유명해지고 싶다. 속물 같지만 솔직한 심정이다. 돈을

많이 벌더라도 명예욕은 없는 사람도 많은데, 나는 욕심이 많아서 돈도 많고 인기도 많았으면 좋겠다. 백만 부 베스트셀러 작가든 세계적인 일러스트레이터든 수십 만 크리에이터든, 영 앤 리치 아니, 영은 이제 아닌 것 같으니 워너 비 리치 페이머스…… 그야말로 성공하고 싶다.

사실 지금도 네이버에 '봉현'으로 검색도 되고, 책도 여러 권 냈고, 종종 '인플루언서 광고' 제안도 들어오고, 누군가에게 '유명한 분이셨네요!' 라는 말을 듣기도 하고, 낯선 사람이 나를 알아보는 경우도 있다. 그러니 괜찮은 걸지도, 이대로도 충분하고 지금도 잘하고 있어, 하다가도 통장 잔고에 한숨이 나거나, 하고 싶지 않은 일을 하거나, 갖고 싶은 것을 가지지 못하거나…… 정확히는 경제적인 문제로 불안감이 차오를 때마다 또 반복해서 고민한다.

뭔가를 더 해야 할 것 같아.

머리를 싸매다 보면 점점 이상한 방향으로 흘러가고, 했던 고민을 하고 또 하면서 머리가 아파오고, '뭔가를 더' 하지 못하고 결국, 늘 하던 대로 하며 살고 있다.

나 또한 누군가의 팔로워인 SNS의 세계는 즐겁기도 괴롭기도 하다. 보고 싶은 것을 언제 어디서든 쉽게 볼 수 있지만 동시에 보고 싶지 않은 것도 본다. 나보다 잘난 사람의 성취에 질투가 나기도, 나보다 나은 누군가의 형편에 자괴감이 들기도 한다. 나보다 못한 사람에게 자만을 느끼기도, 이상한 타인에게 분노를 느끼기도 한다. 어떻게든 나를 타인과 세상의 비교선상에 넌져놓게 된다. 그런 마음은 절대적으로 스스로를 좀먹는 감정이다.

존재하지 않는 가상의 공간 속에 수십억의 사람들이 와글와글 뒤엉켜 있다. 그리고 그 한가운데, 나도 들어가 있다. 우리는 누가 발가벗고 대(大) 자로 누워 있는지, 누가 더 목소리가 크고 요란한지, 물건이나 경험을 독점하고 있거나 비밀을 감추고 있는지, 더 특별하고 비싼 존재인지를 증명하려는 듯이 경쟁한다. '유명해져라, 그러면 똥을 싸도 박수를 칠 것이다'가 아닌, '똥을 싸라, 그러면 유명해질 것이다' 같은 세상. 그렇게 생각하면 내 욕망의 결이 좀 더 확실해진다. 나는 똥을 싸면서 유명해지고 싶지는 않다. 나 자신보다는 내 작업들이 유명해지면 좋겠다. 내가 만들어낸 것들이 세상을 더 나아지게 만드는 것이기를 바라고, 나 또한 사람들에게 좋은 영향을 주는 사람이고 싶다.

하지만 뾰족한 방법을 잘 모르겠다. 그저, 묵묵히 그림을 그리고 글을 쓸 뿐이다. 의뢰받은 그림을 제대로 그려내고, 글을 써서 뉴스레터를 보내고 책을 준비한다. 내게 주어진 일을, 내가 지금 할 수 있는 일을 한다. 하루하루 열심히 하고 있어요. 정직하고 바르게, 잘 살려고 노력한답니다. 그러니까 제 글 한번 읽어주세요, 제 그림을 알아봐주세요, 저를 좋아해주세요…… 차마 입 밖으로 터뜨려 말하지 못하는, 그런 간절한 마음을 허공에 빌면서.

하지만 아이러니하게도, 때론 아무도 나를 몰랐으면 좋겠다. 가끔 이 모든 것에서 사라지고 싶어진다.

그런 어느 해에 갑자기 떠난 곳이 쿠바였다.

쿠바는 어려운 여행지로 알려져 있다. 경유를 세 번 해야 할 정도로 멀기도 하고 화폐 사용법도 특이한데, 무엇보다 개인 인터넷 사용이 금지되어 있다. 처음 쿠바 공항에 내려 관광안내소에서 종이 지도를 받았을 때, 당황스러운 동시에 짜릿했다. 주머니에서 꾸깃꾸깃한 메모지를 꺼내 택시 기사에게 주소를 건네곤 창밖의 낯선 풍경을 보며 어디론가 흘러갔다. 지금 여기가 어딘지, 어디로 가고 있는지, 실시간 위치를 확인할 수 없다는 게 걱정되기도 했지만 묘하게 긴장되면서 설레는 기분이 너무너무 오랜만이었다.

스마트폰을 처음 쓴 게 2013년이었다. 불과 10년도 되지 않았는데 그전엔 어떻게 살았던 걸까. 스마트폰은커녕 휴대폰도 없이 2년 동안 배낭여행을 했었다. 스케치북과 펜 뿐이었던 20대 중반, 모든 게 미지의 것이던 시절이 떠올랐다. 지구 어딘가 낯선 도시에 툭 떨어지면, 내가 가진 정보라고는 숙소 주소가 적힌 메모지 하나가 전부였던 그때, 그마저도 다른 여행자에게 받은 것이었다. 영어마저 통하지 않으면 손짓 발짓을 동원해가며 '여기 가려면 어떻게 가냐'고 아무한테나 물어봤다. 친절한 현지인도 있었고, 사기꾼을 만나 몇 배의 택시비를 지불한 적도 있었다. 예약 시스템 따위 없었다. 무작정 찾아가서 오늘 방 있냐고 물어봐야 했는데 가지고 있던 주소와는 달리 번지나 입구를 좀체 찾을 수가 없어서 20킬로 배낭을 멘 채로 몇 시간을 헤맨 적도 있었고, 간신히 찾아갔는데 방이 없어서 다른 곳을 찾아야 하기도 했다. 늘 어렵고 불확실했기에, 수많은 시행착오가 있었다.

그렇게 간신히 체크인을 하면, 주인이나 직원들이 찾아오느라 고생했다며 반갑게 환영해주었다. 종이 지도를 건네주며 펜으로 동그라미를 치면서 이런저런 정보를 알려줬다. 마켓은 여기에 있고, 여기 식당이 맛있어. 거기 가려면 저 앞에서 버스 몇 번을 타고 다섯 정거장을 간 다음에 내려서 조금만 더 걸으면 돼, 돌아올 때는 거기를 기점으로 이렇게 찾아와…… 그런 식으로 여행자를 위한 알짜배기 정보를 종이 지도에 그려줬다. 그 지도를 따라 돌아다니다 마음에 드는 가게나 인상 깊은 표식 등을 발견하면 펜으로 체크해두면서 지도 위에 나만의 여행을 그려 넣었다. 종이가 너덜너덜해질 때까지.

저 길 끝에는 뭐가 있는지, 저 골목을 돌면 어떤 풍경이 펼쳐질지 알 수 없었다. 모르는 길을 걷다가 기분 내키는 대로 방향을 틀고, 슬쩍슬쩍 살펴보다 괜찮아 보인다 싶으면 무작정 들어가봤다. 저 카페에는 어떤 음료를 파는지, 저 식당의 가격대는 얼마인지. 그런 것들을 알고 싶으면 일단 도전해봐야 했다. 그렇게 간 곳들은 대부분 별로였거나 평범했고, 아주 가끔 드물게 정말 좋았다. 열 번 시도를 하면 두 번 정도가 성공적이었다. 하지만 나머지 여덟 번도, 여행의 일부였다. 음식이 별로여도, 불편한 경험이더라도, '그럴 수 있지' '어쩔 수 없지 뭐' 하고 웃어넘겼다. 그건 여행자에게 허락되는 마음의 여유였다.

하지만 이제 내 손에는 메모지와 종이 지도가 아닌, 스마트폰 속 구글 지도와 전 세계 맛집이 검증된 앱이 쥐어졌다. 전 세계 어디를 가도 그곳의 정보를 실시간으로 체크할 수 있다. 아무리 낯선 곳이어도 상관없다. 엄청나게 복잡한 골목도, 외딴 시골 마을과 대서양 어디쯤의 해변도 구글 지도만 있으면 무섭지 않다. GPS를 통해 정확한 내 위치를 파악하고 여기서부터 몇 미터 직진해서 왼쪽으로 한 번, 오른쪽으로 두 번, 안내대로만 가면 목표지가 짠하고 나타난다. 심지어 버스가 언제 도착하는지, 티켓은 얼마인지, 차나 도보로는 얼마나 걸리는지도 모두 알 수 있다. 누구에게 물어보지 않아도 현지 교통편을 이용할 수 있고, 언제 어디서든 비행기부터 기차까지 예약하고 미래의 일정을 계획할 수 있다.

그 거리, 그 가게, 그 식당. 유명하고 좋은 곳은 이미 모두가 알고 있다. 메뉴부터 가격까지 웬만한 정보가 세세하게 나와 있고 음식 사진과 내부 풍경까지 미리 볼 수 있다. 꼭 가봐야 할 곳, 먹어봐야 할 것, 기념사진을 찍을 각도와 위치, 버킷리스트 목록까지 모든 게 제시되어 있다. 그저, 취향껏 여건에 맞춰 고르기만 하면 되는 것이다. 그렇게 찾아가는 여정에는 두려움도 망설임도 없다. 목적을 향해 직진할 뿐이다. 그런 길에는 실패가 없다. 하지만 우연도, 행운도 없다.

실패가 없는 도전.

검증된 방법.

누군가가 가본 길.

누군가가 해본 경험.

도전은 두렵고 실패는 아프다. 현실에서 수없이 겪어
봐도 힘든 건 여전하다. 꿈은 허망하고 희망은 잔인하
다. 더 이상 어떻게든 실패하지 않기 위해 애를 쓴다. 차
마 발 한번 담가보지 못하고 고개만 빼꼼히 들어보고는,
보장되지 않는 승패의 확률에 덤비기보단 차라리 포기
하는 것이 안전하다. 그렇게 큰 실패도, 큰 상처도, 큰 고
통도 없이 살아갈 수 있다. 편하고 순조롭고 예측 가능한
여행. 가혹한 현실에서 도망쳐 행복하기만 바라는 마음.
버틴다는 말 그대로, 정말 이를 악물고 눈물을 참는 기분
으로 주먹을 꼭 쥐고 살아가다가 도저히, 이젠 안 되겠
어. 못 버티겠어. 나 좀 쉬고 싶어. 그럴 때 떠나는 것이,
여행이 아니던가. 절실하게 쉬고 싶고 놀고 싶어서 여행
을 왔는데, 여기서까지 돈과 시간을 낭비하기에는 너무
아까우니까.
하지만 나는 때로 어떤 공허함 혹은 지루함 같은 감정
을 느낀다. 언제부턴가 완벽히 새로운 것 따위 없다. 우

리는 너무 많은 것들을 조심하고 준비하면서 산다. 사람을 만나는 일에도, 경험과 도전에도 모두 검증과 계획이 필요한 세상. 위험한 사건 사고의 가능성을 최대한 피하기 위해서겠지만, 그 조심스러움이 지나치면 우연과 새로움이 들어설 곳이 없다. 간접 경험이 너무 쉽기에 마치 해본 것 같은 기분이 들면 호기심도 쉽게 사라진다. 적당히 알고, 적당히 경험하고, 적당히 깨달아가며 내 감각은 서서히 무뎌지고 있었다.

아무런 정보 없이 떡하니 마주한, 모든 게 낯선, 쿠바의 수도 아바나. 눈앞에 펼쳐진 화려한 색채의 차들과 가늠할 수 없는 세월을 담은 건물들, 정체를 알 수 없는 골목의 풍경. 정말 말 그대로 시간이 멈춘 듯했다.

스마트폰이 당연한 이 시대에, LTE는커녕 여행자가 쓸 수 있는 심 카드 자체가 없고 쿠바 사람들 집에도 개인 와이파이가 거의 없다. 아예 단절된 것은 아니라 다만 인터넷 사용법이 정말 특이하다. 먼저 관공서 같은 곳에서 와이파이 카드를 사서 뒷면의 스크래처를 긁으면 일련

번호가 나온다. 가격은 한 시간에 2쿡(2,300원 정도). 이 생소한 카드를 들고 아바나 거리에서 유일하게 사람들이 와글와글 모여 휴대폰을 들여다보고 있는 장소들로 향하면 된다. 유명한 호텔의 테라스, 관공서, 공원 같은 곳이 바로 이 도시의 '와이파이 존'이다. 그 장소에서 인터넷을 켜고 일련번호와 비번을 입력하면 카운트다운이 시작되고…… 속도는 기대하지 말자. 카톡을 아주아주 간신히 읽고 보낼 수 있는 정도다.

그렇다 보니 아바나에서는 SNS는 물론 어떤 연락에 대비할 필요도 연락해야 할 책임감도 없었다. 물론 처음에는 안절부절못하며 자꾸만 와이파이 존을 찾아다녔는데, 하루 정도가 지나자 휴대폰을 안 보는 것에 점점 익숙해졌다. 자기 전에도 습관처럼 휴대폰을 열었다가도 할 수 있는 게 없어서 금세 내려놓고, 책을 읽거나, 그림을 그리거나, 바로 잠을 잤다.

쿠바에서의 시간은 자유롭고 단순했다. 실시간으로 사진을 올릴 필요도, 사람들에게 자랑할 필요도, 지금 어디인지 뭘 하고 있는지 알릴 필요가, 아니 방법 자체가 없으니 모든 걸 내려놓았다. 그제야 여행의 순간만을 온전히 느낄 수 있었다.

소나기를 피하러 헤밍웨이가 묵었다던 호텔 문도스의 바에 들어섰다가, 바닥이 점점 물바다가 되어가는데도 창밖에 내리는 비를 웃으며 구경하던 사람들과 그 사이에 앉아 즐긴 에스프레소 한 잔, 15쿡에 올 인클루시브(일정 금액을 내면 식사를 포함한 모든 서비스를 이용할 수 있다)를 제공하는 히론 푼타 페르디즈 비치에서 멍하니 앉아 본 바다 풍경, 말을 타고 숲을 지나 도착한 끝이 보이지 않는 폭포 아래에서 스포츠 브라에 레깅스 차림 그대로 에잇, 하고 커다란 웅덩이로 뛰어들어 즐겼던 수영, 아바나에서 만난 여행자들과 삼삼오오 모여 치킨 사들고 말레콘 해변 방파제에 앉아서 바라보던 석양……. 모두 완전한 여행의 장면들이었다.

쿠바의 시작과 끝으로 일주일을 머물렀던 아바나 숙소는 조용한 동네에 자리한 파란색 까사(스페인어로 '집')였다. 낡았지만 너무나 아름다운 집에서 할머니와 손녀, 부부가 살고 있었다. 침대는 삐걱거리고, 욕실은 수압이

낮고, 나무 계단은 길고 높아 불편했지만, 상관없었다. 매일 아침마다 차려진 빵과 계란, 신선한 채소와 과일 주스, 커피로 가득한 아침식사는 인생 최고의 조식이었고, 가족들은 너무나 다정하고 친절해서 저녁식사도 초대받고 같이 그림도 그리며 시간을 보냈다. 어느새 깊이 정이 들어 헤어지는 날에는 눈물을 글썽이기도 했다. 한가득 좋은 추억뿐이다.

검증된 리뷰도, 계산된 일정도 필요 없는 여행. 그래서 완벽했던 여행.

여행해본 몇 십 개국 중 어디가 제일 좋았냐는 질문에 항상 쿠바가 반드시 들어간다. 쿠바를 추천하는 이유 중 하나로 '인터넷이 되지 않는 것'이라고 하면 사람들은 잉? 하고 의아해하다가도 이내 고개를 끄덕인다. 쿠바 꼭 한번 가보세요! 너무 좋아요! 라고 말하지만 사실 누군가에게는 너무 불편해서 힘들고 괴롭기만 한 여행지일 수도 있다. 결국 모른다. 가봐야, 해봐야, 경험해봐야만 안다.

블로그 리뷰나 추천 앱 속의 별점과는 달리, 막상 겪어보면 누군가의 인생 장소가 내게는 최악의 경험이 되기도 했고, 혹평이 자자한 장소에서 우연한 기쁨을 마주하기도 했다. 타인의 과거가 나의 현재에 똑같이 적용될 리가 없다. 텍스트와 이미지로는 증명할 수 없는 것들이 있다. 그날의 날씨와 기분, 컨디션을 비롯해 함께 하고 스치는 사람들과 풍경은 각자 다를 터. 타인의 경험에 책임을 전가하고 한 발만 슬쩍 디뎌보는 일은 반쪽짜리 같다. 만화 「우주형제」에서는 끝내 우주를 경험한 사람이 말한다(이 만화 이야기는 나의 책 『단정한 반복이 나를 살릴 거야』에도 언급되어 있다).

"알고 싶은 것의 대략 절반쯤은 인터넷이나 책을 찾아보면 알 수 있어. 하지만 '나머지 절반'은 어디에도 실려 있지 않아. 스스로 생각해내든지, 체험하는 수밖에."

그에게 우주에서 바라본 지구는 어떠했냐고, 달 표면에 내리는 촉감은 어땠는지 물어보아도, 온갖 미사여구를 붙인 이야기를 백날 듣더라도,

절대 알 수 없을 것이다. 직접 경험해보는 수밖에.

서울 한복판에 살고 있는 지금의 나는 눈뜨자마자 스마트폰을 연다. 오늘의 날씨를 확인하며 옷을 입고, 점심에 어느 맛집을 갈지 별점을 확인하고, 신상 카페 오픈 소식과 전시나 행사 일정을 찾아본다. 멋진 옷 가게, 선물 받은 물건, 특별한 장소 등등 사진을 찍어 SNS에 올리고 자랑하고 기록하고…… 남들은 뭐 하는지 어떻게 사는지 끝없이 들여다본다. 아침부터 밤까지 앞이 흐려질 정도로 내내 허공을 붙잡고 있다. 다들, 그렇게 살고 있다.

일상은 안온하고, 익숙하고, 평화롭다. 그리고 지루하고 건조하다. 재밌는 거 없나 찾다가 금세 시시해져서 또 뭔가를 갈구하고, 잘하려고 애를 쓰다가 지쳐서 그만두기를 반복한다. 다 하고 싶지만 아무것도 하고 싶지 않고, 다 가지고 싶지만 다 버리고 싶다. 유명해지고 싶지만 사라지고 싶다.

어쩔 수 없이 앞으로도, 매일 매 순간 이렇게 양가감정에 휘둘리며 살아가겠지. 그러다 갑자기 또 어디론가 훌쩍 떠날 것이다. 광고도 타임라인도 없는 곳으로. 낯선 사람들과 이상한 음식, 모르는 문화 속으로. 광활한 평야, 찬란한 노을, 장엄한 산맥, 먹먹한 사막 속으로. 그곳에서 숨을 크게 내쉬며, 글도 그림도 사진도, 어떤 기록도 없이 외칠 것이다.

살아있다!

내가 지금, 바로, 여기 있다.

아무도 들을 수 없는 나만의 독백으로.

봉현 | 글 쓰고 그림 그리는 10년차 프리랜서. 매년 100일 프로젝트를 실행하고 격주로 뉴스레터 「봉현읽기」를 발행한다. 자유와 속박, 일과 휴식에서 한쪽으로 치우치지 않는 프리랜서의 삶을 사랑한다. 에세이 『단정한 반복이 나를 살릴 거야』 『베개는 필요 없어, 네가 있으니까』 등을 썼다.
여행을 할 때 배낭을 메고 떠나는 걸 가장 좋아한다.

사라진 감각과 선호에 대하여

이다혜

오늘을 더 적극적으로, 여행자로 살아본다. 남은 시간이 얼마나 될지 가늠해보곤 한다. 세계의 안녕이든 나의 안녕이든, 이렇게 우연과 필연을 넘나들며 낯선 세계와 부딪히는 여유가 얼마나 남았을까. 이런 심산한 마음을 털어버리려고, 여행 짐을 싼다.

떠나고 싶다는 마음의 강도는 첫 자각의 순간부터 지금까지 변한 것이 없지만 어떤 마음은 점점 굳건해지고 어떤 선호는 영영 사라져버렸다.

*　*　*

영원히 굳건한 마음은 내게 이런 생김새를 하고 있다. 여행하고 싶다는 기분의 모양새. "다른 도시에서 다리가 아플 때까지 걷고 싶다."

일요일 오후 2시쯤이 제일 위험하다. 일주일이 완전히 끝났다는 실감이 드는, 새로운 일주일이 코앞에 있는 시간 말이다. 나는 이 시간이 되면 좀이 쑤신다. 어디든 놀러가고 싶어서인데, 이왕이면 아예 다른 도시에 있었으면 하는 마음이 간절해진다. 그 시작이 기억나지 않을 정도로 오래전부터의 병이었다.

못 견딜 지경이 되면 달력 앱을 켜서 일정이 비는 날을 찾고, 비행기표를 검색하고, 여행 브이로그나 여행 블로그를 뒤지기 시작한다. 여기서부터 뭔지 모를 하염없음이 시작된다. 다가오는 월요일에 대한 긴장 때문에 이러는지, 점심을 먹고 나른해서인지는 잘 모르겠다.

직장인으로 살면서 여행을 좋아하는 사람이 된다는 건, 여행을 그리워하는 감각조차 요일에 맞춤한다는 뜻이다. 남들도 쉬는 날에 놀아야 카카오톡이 울리지 않는다. 남들도 일하지 않는 날에 일을 쉬어야 메일함에 새 메일이 쌓이지 않는다. 일요일 오후 2시는 그 모든 것이 완벽하게 맞아떨어지는 시간이다.

책을 읽고 싶기도 하고 여행을 하고 싶기도 한데, 그

둘을 동시에 하고 싶은 기분이 솟구친다. 그게 나의 구체적인 '일요일 오후 2시 기분'이다. 혼자 여행을 하기 때문에 생겨난 습벽이다. 주말을 끼고 여행을 하면 이때쯤 마지막 일정 중일 가능성이 높다.

노이즈 캔슬링 헤드폰을 끼고 비행기나 기차, 버스를 타고 이동하며 소설을 듣는다. 하루 종일 걷고 고단한 저녁 시간에 저녁을 해결하러 나가며 긴 시간을 걸으며 소설을 듣는다. 이런 일이 내게는 여행이다. 여행과 유사한 기분을 경험하려고 동네 공원 산책길에 TTS(문자음성 자동변환 기술)를 이용해 소설을 하염없이 듣기도 한다.

그런데 이렇게 해서는 시야에 들어오는 풍경에 변화가 없어 신선한 기분을 맛볼 수가 없다. 애초에 동네에서와 여행지에서 같은 감흥을 받는다면 누가 굳이 여행을 가려고 하겠는가. 일상을 여행처럼, 이라는 캐치프레이즈는 그럴싸하지만 결론적으로 말하면, 일상은 여행이 아니기 때문에 노력하지 않고는 즐거운 마음으로 받아들이기 어렵다는 뜻이기도 하다. 나도 노력은 한다. 집 근처를 다른 눈으로 바라보기 위해 애쓴다. 애써야 가능한 일이라면 애초에 그러하지 않다는 진리 또한 받아들일 뿐이다.

그런데 그거 알아요? 여행지에서는 이어폰을 꽂고 다니면 여행의 즐거움이 감소한답니다. 여행의 즐거움을 '낯섦'에 있다고 믿는 여행자라면 특히 그렇지요. 귀로 접할 수 있는 여러 여행지다운 정보들이 있기 마련이에요. 원치 않는데 내리는 빗소리. 들리지 않지만 어쩐지 들리는 것만 같은 눈 쌓이는 적요. 알아들을 수 없는 언어. 알아들을 수 있는 언어. 유난히 북적거리는 시장통의 활기. 교복을 입은 학생들이 깔깔 웃으며 지나가는 명랑. 영업시간이 끝난 상점가에서 드르륵 문을 내려 완전히 잠그는 영업종료의 신호들. 기차역에서의 신호음. 건널목에서의 신호음. 지하철 도착 신호음. 식당 입장을 환영하는 인사말. 분명 집 근처에서도 맥락이 같은 소리를 들었을 테지만, 여행지에서는 소음과 신호를 구분하기가 유난히 어렵고 그래서 더 귀를 쫑긋하고 듣게 됩니다. 낯선 언어가 우리에게 말을 걸어와요. 무슨 뜻인지 모르겠어요. 죄송합니다. 저는 이 나라 사람이 아니에요. 이 나라 말을 못해요. 참고로 저는 얼굴에 '길을 잘 아는 사람'이라고 적혀 있는 사람이라서, 여러 나라에서 길을 물어보는 질문을 자주 받는 편이랍니다. 앗, 혹시 그들 역시 '도를 아십니까'였을까요. 이런 소통불가능성 속의 소통 가능성을 확인하기 위해서 귀를 막고 다니지 않는 편이 훨씬 재미있어요.

내가 이해하지 못하는 언어로 된 소음이 설렘으로 다가오는 순간. 하루 3만 보를 걸으면서도 조금 더 걷고 싶다고 생각하는 순간.

아무리 시간이 지나도 빛바래지 않는 반짝이는 여행의 순간들.

* * *

여행은 '모른다'를 몸에 익히는 경험이다. 그런 이유로 나는 요즘 당혹감을 느끼곤 한다. 여행을 가지 않는 주말

이다혜

이면 유튜브에서 여행 브이로그를 검색해보곤 하는데, 많은 사람들이 '남들과 같은' 코스로 이동하는 모습을 보게 되기 때문이다. 여행의 목표가 아는 곳을 확인하기처럼 느껴진달까.

가능해진 경험 : 집 안 침대 위에서 낯선 도시의 길거리 이름만 가지고 그 근처 풍경을 확인하기
불가능해진 경험 : 어쩌다 보니 도착한 낯선 길에서 영문을 모르고 헤매다가 나만의 추억 만들기

누구나 스마트폰을 보고 다닌다. 그 속에 있는 지도를 보고 최단 경로로 걸어간다. 그 도시에서 가볼 만한 곳은 전부 별표로 저장되어 있다. 이른바 가성비의 시대, 최적화의 시대를 만든 것은 이런 기술 발달이 한몫한다. 우리는 '기대보다 별로'인 여행을 할지는 모르지만, 별표 개수와 평점으로 '검증되었다는 안정감'을 확보하는 데에는 성공했다. 구글 지도가 꾸준하게 오류를 내는 분야는 휴무일 정도다.

20세기에는 내가 사는 도시 안에서 이동을 할 때도 초긴장 상태였다. 우리가 살던 동네의 사거리 밖에 바다가 있다고 농을 쳤던 어른들의 말을 믿지는 않았다 해도 여간해서는 그 밖으로 건너가지 않았다. 지도가 없었으므로. 지도는 어른들의 머릿속에나 있었다. 그래서 어딜 가더라도 그곳의 지리를 아는 사람과 함께여야 비로소 탐험이 가능했고, 어른이 되어 다른 도시나 다른 나라 여행을 할 때는 지도를 먼저 샀다. 지도를 읽을 줄 아느냐의 여부는 제법 치명적이었다. 지도를 거꾸로 들고 서서 제자리에서 360도를 돌고 있으면 낯선 현지인이 다가와 "어디 찾으세요?"라고 묻기도 했다. 이제는 없는 일.

부암동에 처음 갔던 때가 떠오른다. 나는 서울 시내에 그런 동네가 있는 줄 몰랐다. 맛집 블로거도, 지도 앱도, 브이로그도 없었으니까. 누군가가 나를 그 동네로 데려갔다. 사려 깊은 연인일 수도, 발 넓은 선배일 수도 있는 어른이. 차의 조수석에 타고 그가 아는 동네를 '소개' 받았다. 어디에는 계곡이 있었고, 어느 모퉁이에는 원두로 커피를 내리는 카페가 있었고(그때에는 이런 카페가 드물었다), 어느 주택은 만두를 전문으로 하는 가게라고 했다. 밥을 먹고 팔각정으로 드라이브를 갔고, 내가 처음 보는 서울 시내의 전경을 볼 수 있었다.

　여행을 간다는 일은 이런 체험의 확장판이었다. 어떤 소설이나 영화에서 짧게 스쳐간 설렘을 경험하고자 낯선 도시에 발을 디디면 그때부터 목적지는 모두 '관광명소'를 중심으로 각종 헤매기를 통해 그제야 발견되곤 했다. 「비포 선라이즈」의 시대였다. 무작정 기차에서 내려보고, 무작정 이방인에게 말을 걸어보고, 뭐가 나올지 모르는 메뉴를 시켜보았다(오 마이 갓). 번역기도 없고 내가 있는 위치를 표시해주는 구글 지도도 없이 두리번거리는 일의 연속이었다. 랜드마크 중심인 관광지를 좋아하지 않아도 여행 가이드북이 그런 곳을 중점적으로 소개했기 때문에 책이 시키는 대로 여행을 하거나, 혹은 무작정 아무 골목이나 들어갔다. 그러다 현지 사람과 알게 되면 그 사람이 소개하는 대로 도시는 다시 열렸다. 이른바 '현지인 맛집' 같은 곳들. 식사를 하든 쇼핑을 하든, 점원에게 묻곤 했다. "이 근처에서 가볼 만한 장소를 추천해주세요." 그러면 다들 기꺼이 지도 위에 X표시를 해주곤 했다. 그게 나의 보물지도가 되었다.

여행을 한번 마친 지역의 지도는 그런 식으로 나달나달해졌다. 여러 번 접었다 폈다 하는 과정에서 여러 사람의 입김이 닿았던 까닭이다. 그렇게 다녀온 도시에, 다른 사람을 데리고 다시 방문하곤 했다. 그때는 내가 일종의 가이드 역할을 맡는 식이었다. 내가 '소개'할 차례였다. 내가 받은 다정을 다른 누군가에게 전달할 차례였다.

또는, 하나의 연애를 끝내고 다음 연애를 시작하는 방식이기도 했다. 모른다, 안다, 모른다.

* * *

이제, 사라진 선호에 대해 말할 차례다.

2023년 3월 23일 서울대공원에서 얼룩말 세로가 탈출했다. 세로가 부모를 연달아 잃고 방황했다든가, 캥거루랑 자주 싸웠다는 후속 뉴스가 뜨기 전, 차도를 달리는 얼룩말을 보았을 때부터 나는 불안 증세에 시달렸다. 부모가 아니어도 동족들과 어울리며 마음껏 달리며 생존할 수 있었을 환경에서 멀리 떨어진 아스팔트 도로, 건물뿐인 골목길을 헤매던 말이 결국 돌아갈 곳이 우리 안이라는 생각이 꽤나 나를 괴롭게 했다. 세로가 어떤 환경에서 살고 있을지 상상하는 일만 나를 고통에 몰아넣는다고 말할 수는 없다. 우리에 갇힌 동물을 보는 일이 언젠가부터 무척 괴로워졌다.

나는 낯선 도시에 가면 종종 그 도시에서 오래된 동물원에 가곤 했다. 동물이 있는 곳이면 어디든 좋아하는 편이었다. 동물들의 몸과 배설물에서 나는 쿰쿰한 냄새 사이를 걸어 다니며, 눈을 맞추는 법이 없는 동물들을 향해 손을 흔드는 일에서 제법 즐거움을 느꼈던 것 같다. 집에서는 오랫동안 개를 길렀는데, 나의 10대 시절에는 개를 산책시켜야 한다는 개념도 없었다. 답답하리라는 생각은 했지만 화초처럼 집에서 동물을 길렀다. 언젠가는 다람쥐를 기른 적도 있었다. 어느 날 아침, 엄마가 가족들을 깨웠다. 베란다의 문이 약간 열려 있고, 다람쥐가 없어졌다는 말이었다. 다들 상심해 있는데, 오후에 보니 다람쥐가 집에 돌아와 있었다. 다람쥐는 매일 그렇게 아침마다 뒷산으로 산책을 다녔다. 어지간히 답답했던 모양이었다. 하지만 이런 일을 경험하고서도 나는 동물원을 좋아했다. 도시에서는 동물을 볼 기회가 없었으니까.

동물원이라는 공간은 여러 국적의 관광객보다는 현지인들을 위한 곳이었다. 가족 관람객들이 유달리 많은 곳이기도 했다. 평일에는 관람객이 없다시피 해서, 혼자 동물원을 어슬렁거리며 시간을 보내곤 했다. 그런데 언젠가부터, 그러니까 그 동물들이 모두 '갇혀 있다'는 사실을 선명하게 자각하면서부터는 여행지에서도 내가 사는 도시에서도 동물원을 방문하는 일이 불가능해졌다. 갇힌 동물 우리 앞에 드물게 서면 기분이 가라앉았다. 동물원이 동물을 보호하는 기능을 일부 수행한다는 사실 정도는 알고 있지만, '구경거리'로 만드는 일은 그만할 수 있지 않을까. 동물원 우리 앞에 서서 이쪽을 보라며 소리를 지르거나 심지어는 먹을 것, 먹지 못할 것을 집어던지는 모습을 보기가 힘들다. 싫다고 말하지도 못하고 기껏 해야 굶거나 다른 동물과 싸우는 방식으로밖에 고통을 호소하지 못하는 동물들이 있는 세계가 동물원이라고 생각하니, 세상의 모든 세로들을 떠올리니, 이제는 영영 동물원은 못 가지 싶다. 내가 우리 안에 갇혀서 사육당하는 기분으로부터 탈출하고 싶어서 여행을 다니니까, 그렇게 다른 존재를 착취하는 방식으로는 여행을 이어갈 수 없게 되었다. 하지만 한 번만 더 생각하면 여행은 탄소발자국을 열심히 남기는 일이니 뭐 대단한 진보를 이룬 척 하기는 어렵다.

　오늘을 더 적극적으로, 여행자로 살아본다. 남은 시간이 얼마나 될지 가늠해보곤 한다. 세계의 안녕이든 나의 안녕이든, 이렇게 우연과 필연을 넘나들며 낯선 세계와 부딪히는 여유가 얼마나 남았을까. 이런 심산한 마음을 털어버리려고, 여행 짐을 싼다.

이다혜 | 오랜 직장생활로 인해 주말여행에 특화된 여행자. 작가,
에세이 『여행의 말들』 『교토의 밤 산책자』 등을 썼다.
여행을 할 때, 힘들 때까지 걷는 걸 가장 좋아한다.

여행의 장면
© 2023

초판1쇄 인쇄일 2023년 5월 26일
초판1쇄 발행일 2023년 6월 15일

지은이   고수리 김신지 봉현 서한나 서해인
         수신지 오하나 이다혜 이연 임진아
발행인   이지은
디자인   송윤형
제작   제이오

본문서체 마포금빛나루

발행처   유유히
출판등록 제 2022-000201호 (2022년 12월 2일)
ISBN   979-11-981596-3-2 03810

이 도서는 2023 경기도 우수출판물 제작지원 사업 선정작입니다.